Truculence

Projet dirigé par Marie-Noëlle Gagnon, éditrice

Conception graphique : acapelladesign.com
Mise en pages : André Vallée – Atelier typo Jane
Révision linguistique : Sylvie Martin et Chantale Landry

Québec Amérique
329, rue de la Commune Ouest, 3e étage
Montréal (Québec) Canada H2Y 2E1
Téléphone : 514 499-3000, télécopieur : 514 499-3010

Nous reconnaissons l'aide financière du gouvernement du Canada
par l'entremise du Fonds du livre du Canada pour nos activités
d'édition.

Nous remercions le Conseil des arts du Canada de son soutien.
L'an dernier, le Conseil a investi 157 millions de dollars pour
mettre de l'art dans la vie des Canadiennes et des Canadiens
de tout le pays.

Nous tenons également à remercier la SODEC pour son appui
financier. Gouvernement du Québec – Programme de crédit
d'impôt pour l'édition de livres – Gestion SODEC.

 Conseil des Arts   Canada Council   **SODEC**
du Canada   for the Arts   Québec

**Catalogage avant publication de Bibliothèque et Archives
nationales du Québec et Bibliothèque et Archives Canada**

Racine, François
Truculence
(Collection Littérature d'Amérique)
ISBN 978-2-7644-2723-1 (Version imprimée)
ISBN 978-2-7644-2766-8 (PDF)
ISBN 978-2-7644-2767-5 (ePub)
I. Titre. II. Collection : Collection Littérature d'Amérique.
PS8635.A334T78 2014   C843'.6   C2014-941024-7
PS9635.A334T78 2014

Dépôt légal : 3e trimestre 2014
Bibliothèque nationale du Québec
Bibliothèque nationale du Canada

FRANÇOIS RACINE

Truculence

ROMAN

QuébecAmérique

La route

Louis-Pierre Lussier-Laflamme

Salut vouzautres,

Avez-vous des nouvelles de Djibi ? Y a un bout qu'il ne donne plus signe de vie, me semble. Et puis, à part de t'ça, on commence à être dus pour s'éclater la face.

Soyez bons,

Elpé

JS Lisée

non, pas de nouvelles de lui depuis queuque temps

sinon, c'est vrai qu'il commence à faire soif ; faudrait qu'on aille se détruire la gueule queuque part

t'as un endroit en tête, el père ?

Marc-Olivier Godin

Bonjourd'hui.

Aucune idée de ce qui se passe avec lui non plus. T'as le numéro de ses parents, el père ? Appelle-les don, juste pour voir. Au pire, on s'explose le visage sans lui. Au mieux, avec.

Chow

Marco

JS Lisée

SOIFSOIFSOIFSOIF

Pierre-Luc Rousseau

Salut,

Aucune idée où il se cache. Pour ce qui est de la bière, ça va être dur pour moi ces jours-ci, avec ma préparation de cours et les corrections... On n'a pas le même genre de jeunes que vous, à Brébeuf. Les grèves, ils croient pas à ça pantoute. Mais la semaine prochaine, je pourrais peut-être.

A+

Pé-El

JS Lisée

Homme de peu de foie.

Ben coudon. Ils ne savent pas. Va falloir appeler ses parents. J'espère au moins qu'il n'a pas fait de connerie.

Il est où, ce numéro-là? Pas ici. Alex doit l'avoir.

Pénombre dans sa chambre. Il est sûrement en train de trucider des étrangers à coups d'épée via les interweb. En tout cas, j'espère, sinon ça sera un tit-peu plus gênant pour lui.

— Alex!

Coups sur la porte. Plancher qui craque.

— Ouais?

Il sort sa gueule mauvine. Alcool et tuerie moyenâgeuse : soir de semaine normal.

— As-tu ça, toi, le numéro des parents de Djibi ? Les autres, y ont pas de nouvelles de lui non plus...

— Ouais, je pense que je l'ai...

Il retourne s'asseoir dans la clarté de l'ordinateur, tasse la bouteille de vin, attrape son iPhone et le caresse de l'index. Chaque soir, il vide un grand cru du dépanneur. Une chance qu'ils l'ont, nos deux Arabes du coin de la rue. Il va payer à lui tuseul les études universitaires de leurs enfants.

Louis-Pierre Lussier-Laflamme

C'est bon, j'appelle ses parents demain. Je vous tiens au courant.

Louis-Pierre Lussier-Laflamme

Vieilles branches comme il ne s'en fait plus, salut.

J'ai parlé au père de Djibi t'à l'heure, pis il m'a dit que son fugitif de fils était parti à Gaspé il y a de ça deux semaines, chez une obscure connaissance à propos de laquelle il n'a rien voulu lui dire. Il m'a demandé si j'avais une idée de qui ça pouvait être, mais j'en ai pas la moindre espèce de. Vous, ça vous dit quelque chose ?

Marc-Olivier Godin

Jamais entendu parler.

JS Lisée

même chose que God

rien pantoute

Louis-Pierre Lussier-Laflamme

Bon. Ça vous inquiète autant que moi ou je suis juste parano ?

JS Lisée

l'un n'empêche pas l'autre, son père

mais oui, c'est vrai que c'est bizarre

alors, quoi ? ça commence à sentir le road trip à Gaspé en mautadine, cette affaire-là...................

Marc-Olivier Godin

Mouais, j'sais pas trop, Lidz. D'un coup qu'il est pas là ?

JS Lisée

on se rince le dalot à Gaspé, on vire la place à l'envers, on roule jusqu'à Percé, on vire la place à l'envers, pis on s'en revient

elle me dérange pas, moi, la vie de prof d'étudiants grévisssses

Marc-Olivier Godin

Maudits zanarchisses. Y sont partout. Chuis partant pour le road trip.

Louis-Pierre Lussier-Laflamme

Moi aussi, bonne idée. On part quand ?

JS Lisée

MA-LA-DE

vous êtes des fous, les gars

foumalades

jvousadorechangezpas

après-demain ?

Café Lézard, celui de la rue Beaubien, où je vais moins souvent qu'à l'autre. Lidz ébouriffé devant l'entrée, café en main, l'air de revenir d'une insomnuit passée en dessous d'un dix-huit roues.

— J'te réveille-tu?

Sursaut. Il ne m'a pas vu approcher le char de sa carcasse en lendemain de veille.

— Eille, el père! Ouais, non... Ça va?

Sac ado et sac-bandoulière jetés dans le coffre, il me rejoint à l'avant de la Yaris. Fond de tonne. Odeur du gars qui va bientôt replonger.

— Pas pire, toi? Les nuits sont courtes?

— J'vois pas de quoi tu parles.

— Ha! ha! OK.

Klaxon derrière. Gros épais stressé dans son péquope. Majeur dressé hors du véhicule, et juste pour lui, en même temps que la tête de Lidz, qui s'est réveillé tout à coup :

— Les nerfs, câlice!

Ça commence sur les chapeaux de roues.

— Ah ouais, j'tai pas dit ça… j'ai jasé avec Lau hier, pis elle voulait venir, faiqu'il faudrait aller la prendre après être passés chez God…

Fini, le voyage de gars. Il agit souvent de même, Lidz, il prend des décisions qui touchent tout le monde sans consulter personne. Il se dit que c'est pas grave, qu'on va s'en foutre, de toute façon. Jemenfoutissse, t'es tuseul de ta gang.

— OK… T'en as-tu parlé à God?

— Ben non, pourquoi?

Je le regarde sans dire un mot. J'attends que la lumière soit. Il s'enfile une gorgée de café. Toujours rien.

— «Pourquoi?» Vraiment?

— Come on, el père, ça fait longtemps que c'est fini, leurs niaiseries, on était au bac…

— Ouais, pas sûr de t'ça, moi… pis j'suis pas sûr non plus que God va être ben content de la voir. Il va être obligé de le cacher à Annie, en tout cas, ça, c'est sûr.

— C'est des adultes, el père, ils s'arrangeront comme ils voudront, c'est pas d'nos affaires…

Dos d'âne à 45 km/h. Oups. Dur de mieux réussir un acte manqué. Café brûlant sans crème ni lait partout sur les jeans noirs de Lidz, et lui qui sacre. Et moi qui ris, parce que le karma existe, faut croire.

Marco sort de chez lui. Mohawk en l'air, lunettes fumées, cigarette au bec, gros bras serrés dans son t-shirt en V, gueule pas trop bien rasée, mais pas trop sale quand même. C'est la négligence calculée qui lui donne ses airs de vedette et qui fait chavirer les filles. Lau comprise. Souvent, on est désolés pour Annie.

— Hé, c'est Godot! Je l'savais ben qu'il finirait par se pointer! crie Lidz.

Poignées de main d'hommes.

— Monsieur Lisée. Monsieur Lussier-Laflamme. En forme?

— Pierre Gauthier, sors de ce corps. Là, Godard, on va régler quelque chose tusuite, parce que ç'a l'air de déranger son père, pis quand il est dérangé, il conduit mal : Lau va venir avec nouzautres. Ça te dérange pas, j'espère?

Crisse de Lidz. Quelqu'un va lui péter la gueule avant longtemps, et y a d'excellentes chances que ce soit moi.

— Ah? Ben non, elle peut venir, pourquoi ça me dérangerait?

— Bon, tu vois, el père? T'es ben que trop nerveux, faut que tu te détendes. Enweille, prends une cigarette, God va t'en donner une, hein, God? Donnes-y-en don une, ça va le calmer.

— T'es ben speedé, toi, coudon. Ça te réussit vraiment pus, la tite-ligne de coke en te réveillant, le matin.

— Du CRACK, son père, c'était du crack.

Marco me tend une cigarette, du siège arrière.

— Marco, si tu commences à l'écouter, en plus, le voyage va être crissement long...

— Enweille, prends ça, Elpé, c'est bon pour ta santé, insiste Marco en agitant la cigarette près de mon nez.

— Ça fait six mois que j'ai arrêté, tu le sais ben, j'suis un homme nouveau.

— Vingt piasses que dans une semaine, t'as recommencé, lance Lidz, qui croit me connaître si bien et qui n'a même pas tort. La bière, les chums, les vacances, la Gaspésie pendant une semaine, pis pas une clope? Ben voyons don, son père, par-dessus mon cadavre!

— Oublie ça, j'ai pas vingt piasses à perdre.

— Héhéhé! J'suis fier de toi, tu t'assagis. Enweille, t'as deux secondes, sinon c'est moi qui la fume.

— Gâte-toi, je vais résister encore un peu.

Lidz attrape le bâtonnet de cancer :

— OK d'abord.

Direction Homa. Bonne vieille odeur qui me donne envie de monter les vitres.

— Elle va comment, Lau?

— Tu lui demanderas tantôt, Godron, on arrive.

— Ouais... en tout cas, il faudrait juste pas qu'Annie le sache, que Lau va être là... avec ce qui s'est déjà passé entre nous deux, elle aimerait pas trop ça...

— Wow, c'est rendu compliqué, vos affaires... De toute façon, c'est toi qui le sais, si t'aimes mieux qu'on mente à ta blonde quand elle va nous parler du voyage. C'est ton affaire, tu nous donneras le texte, pis on l'apprendra comme on peut...

— Lidz, fais pas l'innocent...

— OK, vos gueules, on arrive.

Coin Adam-Bourbonnière. Yaris arrêtée. Aucune trace de Lau. Coup de fil. On ne s'est pas parlé depuis des lustres. Un an, au moins, peut-être plus. Fille de l'enfance perdue.

— Donnez-moi deux minutes, j'arrive.

Toujours bizarre d'entendre sa voix, surtout depuis qu'on ne se voit plus.

— Elle dit qu'elle s'en vient.

Marco fouille dans son sac, en sort une bouteille d'eau Naya remplie d'un liquide jaune pâle.

— Vodka-Red Bull, les gars?

— Là tu parles! crache Lidz en se retournant. C'est pour ça que je t'aime d'amour, toi.

Il saisit la bouteille, prend une bouffée de cigarette, recrache la fumée, avale une rasade, me passe le philtre. Tite-gorgée, vraiment touptite, juste pour me réveiller un peu.

— Ouais, y a plus de vodka qu'autre chose, là-dedans, mon Godot.

— J'ai manqué de Red Bull. Question de priorités.

Grosse gorgée trois pour une dans le gosier de God.

— Passe-moi ça, grogne Lidz. Tu te soûleras pas la gueule tuseul certain!

— Salut, mes hommes!

Lolo surgit, sac de sport sur l'épaule, camisole rose mangeable et beau derrière emprisonné dans ses culottes trop courtes pour ne pas être douloureuses. Amie, mon œil. Fais-toi poser la chose qu'on a entre les jambes et puis reviens après nous entretenir de l'amitié homme-femme.

— Ça va, beauté?

Lidz et sa grande gueule. Pas attirée par lui pour deux cennes, par contre, et lui, ça le fait chier. Laurence, elle préfère God, comme la plupart des filles. God et sa gueule de magazine. Le pire, c'est qu'il n'essaye même pas. Y en a qui l'ont facile, comme ça. Dans un bar, pour farauder les créatures, on n'a qu'à exposer Marco, à s'assurer de le mettre bien en vue, notre Phœbus à nous, à le montrer comme un appât. Il est en couple et très fidèle, Marco. «Très fidèle», ça veut dire «fidèle dans la plupart des cas» – sauf une fois, au chalet –, c'est moins fidèle que «fidèle tout court», c'est un peu comme dire «je t'aime beaucoup»; il y a de ces fois où l'adverbe amoindrit ce qu'il voudrait amplifier. Il est imparfait, l'adverbe – mais n'allez pas dire ça au cégépien moyen; des plans pour le mêler à tout jamais. Marco, donc, il reste là, tranquille, occupé à être beau, et c'est pas long que les poissonnes se jettent sur lui – pas plus compliqué que ça. C'est là que nous, on en profite. On parle de sa blonde devant les filles – pas trop tôt, quand même, sinon ça les fait fuir –, elles sont déçues, mais elles finissent quand même par rester avec nous si on a su être assez drôles. D'habitude, on est capables.

Parfois, donc, on score grâce à Marco. On lui accorde alors une mention d'aide.

— Ça va pas pire, vouzautres?

On répond tous que ça va bien. Peut-être qu'on ment, je ne sais plus trop. En tout cas, ça va nous soulager de délaisser pour un moment Montréal la déplorable, la policière, l'oie spéciale numéro 78 farcie au poivre de cayenne, comme on l'apprête sur la colline parlementaire.

Lautrefois s'assoit derrière moi, à gauche de God. Faudra les surveiller. Douze heures de route à résister aux tentations : pas trop leur genre.

Et c'est parti. S'enfuir pour oublier, voilà peut-être ce qu'on cherche tous un peu. Et puis, il y a Djibi. Pauvre Djibi du mauvais sort, qui ne comprenait rien à quoi que ce soit, la dernière fois qu'on s'est parlé. Et moi qui faisais mine de le comprendre. On ne peut jamais grand-chose face à la tragédie, et surtout pas trouver les mots qu'il faut.

Stationnement du McDo. Tit-déjeuner noyé de café pour moi et de Vodka-Red Bull pour les trois autres. Lau crache sur le McDo par principe, mais pas sur la beuverie dans un véhicule stationné. La grosse bouteille, déjà, tire à sa fin. Ils veulent que je sois seul capable de conduire, c'est ça, leur truc. Pas grave, la route me calme. Qu'ils s'éclatent don la face si ça leur chante ; le trajet sera plus drôle de même.

Lidz nous raconte sa manif de soir la plus mouvementée, la 27e, celle où l'eau a jailli d'une borne-fontaine coin

Saint-Denis–Ontario. La veille, au même endroit, y avait des cônes orange en feu.

— J'étais au milieu d'un groupe, on était peut-être mille, ça brassait pas pantoute, pis là, tout d'un coup, toute la foule qui était devant nous s'est mise à courir dans notre direction sans qu'on sache pourquoi, sûrement parce que les polices se sont mises à charger, faique j'ai couru moi aussi, parce que dans ce temps-là, tu te poses pas trop de questions. Arrivé au bout de la rue, par exemple, on pouvait plus courir, parce qu'y avait une ligne de gars de l'antiémeute qui bloquait la rue. On est restés coincés là une bonne quinzaine de minutes sans pouvoir faire grand-chose, y avait aussi l'équipe de CUTV qui filmait la scène de l'intérieur pis qui est restée avec nouzautres, prise en souricière, un p'tit bout de temps. Finalement, les policiers les ont laissés partir, mais ils ont mis tout le reste du monde en état d'arrestation pis ils nous ont embarqués dans des autobus de la STM.

— C'est écœurant, s'indigne Lau.

— Après, ils nous ont menottés avec des attaches en plastique, parce qu'y a une pénurie de menottes, ç'a l'air, pis ils nous ont emmenés au centre opérationnel pour nous donner nos constats d'infraction. Y en a pour environ six cents piasses, mais ils se fourrent le doigt dans l'œil jusqu'au fond de la trachée s'ils pensent que je vais payer pour ça.

— Ouach. Ça va engorger le système de justice pour rien, pis ils vont se ramasser avec tellement de contraventions non payées qu'ils auront plus de temps à consacrer à quoi que ce soit d'autre.

Là-dessus, je sors jeter mes serviettes et mon sac de papier graissés de patate en galette.

— Quand même le bâtonnier du Barreau dit qu'une loi spéciale, c'est pas une bonne idée, ça serait peut-être une bonne idée de l'écouter, fait remarquer Marco tandis que je me rassois et fais grogner la profmobile.

— Oh my God, t'as teeellement raison! lance Lau sur un ton de jeune ado en s'appuyant sur lui de ses menottes-jujubes.

— J'aime ça quand tu m'appelles Dieu.

— Aimes-tu ça quand je te dis : ta yeule?

Ça roule. The Black Keys dans le tapis.

— Pis, Lidz, t'es-tu retourné dans la rue, après ça? je demande à mon anarchissse préféré.

— Ouais, hier pis avant-hier. Les deux fois, j'avais mon masque de Gérald Tremblay. Anarchopanda m'a donné un câlin. Jean Barbe voulait aussi, parce qu'y avait des kodaks pointés sur nous, mais moi, j'ai pas voulu.

— Wow, toutes les mascottes te courent après!

Laurence de scène et son humour grinçant. Seule fille que j'aie jamais trouvée drôle. Capot qui vibre au son des rires tout en éclats.

— Non, répond Lidz, y a la grosse banane pis Elvis Lafontaine qui me snobent.

Lau ne comprend pas :

— Elvis Lafontaine? Jamais entendu parler...

Je lui explique :

— Le gars qui s'est pris une chaise pis qui est allé s'asseoir en bedaine devant la borne-fontaine pour se faire rincer pendant que la police passait juste en arrière de lui...

— Ah, OK. Mais c'est pas son vrai nom, quand même ? demande Marco.

Lidz se retourne, sourcils froncés :

— Une chance que t'es beau, mon Godette.

Mont-Saint-Hilaire. Voitures de matantes qui défilent à reculons sur notre droite le long de la 20. Gaspé, c'est loin. Pas le temps de niaiser. 130 km/h jusqu'à Rimouski. On va gagner quelques heures.

— Je vais avoir besoin de vouzautres si je veux pas me prendre un ticket, OK ? Si vous voyez un char de la SQ caché quelque part, dites-le-moi, je vais ralentir. Je veux pas qu'on arrive à minuit.

— Oui, mon père, répond Lidz.

— Pis, Elpé, comment ça s'est passé avec ton étudiante injoncteuse ? me demande Marco. Elle t'a-tu fait disjoncter ?

— Mets-en, j'ai été en câlice toute la semaine à cause de ça pis de la maudite loi spéciale. Donner un cours à une élève en sachant que la semaine suivante, y en a peut-être d'autres qui vont se rajouter, moi, ça me fait me sentir comme un chien de cirque, pis ça m'insulte. Faique je lui ai donné une dictée qui portait sur

De l'esprit des lois de Montesquieu, pis plus précisément sur le chapitre intitulé *De l'éducation dans le gouvernement républicain*. Après, elle a corrigé sa dictée, pis elle a dû pratiquer ses participes passés. Ç'a duré deux heures et vingt, pis j'peux vous dire qu'elle a souffert, mon injoncteuse.

— Ha ! ha ! Bravo, Elpé, j'adore ça, lance Lau. En plus, si elle porte plainte à la direction, tu peux toujours défendre l'idée de la dictée en tant que mesure pédagogique pertinente dans un cours de français.

— Exact, approuve Marco. Ta mauvaise foi crèverait les yeux de tout le monde, mais personne pourrait t'accuser de quoi que ce soit.

— C'est en plein ça. Elle avait pas trop l'air de se sentir bien, la tite-fille, ni pendant la dictée ni après, pis j'avoue que je me suis senti un peu coupable de lui faire endurer ça, mais des fois, faut ce qu'il faut. La loi spéciale annule les injonctions, mais je me demande vraiment si après ce cours-là, elle a eu envie de se représenter en classe. Pas sûr pantoute. Quand je lui ai dit qu'elle pouvait partir, elle a pas dit un mot, elle m'a pas regardé une fois, pis elle est sortie avec les larmes aux yeux.

— C'est une leçon pour la vie que tu lui as donnée, conclut Lidz. C'est en plein ça qu'il faut attendre d'un prof qui se respecte, surtout un prof de français. Il faut que ce prof-là donne des leçons qui traversent les murs de la classe, qu'il te marque l'existence pour toujours, sinon c'est un échec d'enseignement.

— Mon Dieu, t'es vraiment en mission, fait Laurence.

— T'as pas idée, Lolo.

— 'Tention, la SQ !

Lau l'a vue juste à temps. 120 km/h devant l'auto-immobile cachée derrière un bosquet. Quelques secondes s'écoulent. Ça respire mal dans la Yaris, mais ça bat vite du cœur. Près d'une minute qui passe. Toujours pas de gyrophares dans mes rétroviseurs. Ça recommence à respirer.

Notre-Dame-du-Bon-Conseil. Ciel couvert. Noir d'encre au loin. Lidz lit Joyce, la tête posée contre la vitre. Il s'est calmé depuis le début. Sa dernière nuit blanc pastis a fini par lui rentrer dedans. Lau jase avec Marco ; elle ne l'a pas vu depuis des mois. Émouvantes retrouvailles. En couple, il y a des choses qui changent. On perd souvent de belles amitiés, et toujours les plus ambiguës d'entre elles.

Ils effleurent en vitesse, dans un malaise palpable, la question de leurs couples respectifs ; je les écoute, l'œil sur la route, se faire croire l'un à l'autre que tout va pour le mieux dans le meilleur des mondes possible, et je me dis qu'au fond, ils se comprennent et se méritent sans doute. Je me suis toujours senti seul en compagnie de ces deux-là ; il y a des choses qui ne changent pas. Lautrice mentionne un projet de pièce qu'elle veut monter avec sa troupe, une sorte de pastiche d'Œdipe à la sauce québécoise, Marco s'y intéresse, évoque l'idée d'y assister, mais chacun sait qu'ils retrouveront leur éloignement dès leur retour à Montréal la déchirée ; ils tiennent trop au confort de leur union tranquille pour risquer quoi que ce soit loin du hors-temps qui nous avale à chaque kilomètre un peu plus. Ils s'offrent le luxe du rêve, et ce plaisir-là leur suffit.

Lau délaisse la jasette avec God :

— Tu lis quoi, Lidz ?

Il lui montre la brique, ouverte à mi-chemin.

— *Ulysse...* Tu trouves ça comment ?

— C'est monstrueux. J'aime ça.

— Pis ça raconte quoi ?

— Bah, ça raconte rien, Lau, pis c'est pas ça, l'important... Tout le monde veut toujours que ça raconte quelque chose... L'important, c'est pas ce que ça raconte, mais la façon dont ça arrive, pendant plus de mille pages, à rien raconter pantoute, pis à être fascinant quand même.

— Tu liras le *Joyce* de VLB, après, suggère Marco. Même si comprendre les affaires, toi, t'haïs ça.

— Tu viens enfin de comprendre pourquoi c'est le *Jou'nal de Mourial* que je lis. Mais là, j'suis content, parce que pendant une semaine, ça va être le *Jou'nal de Québec*. C'est encore mieux.

J'approuve :

— Ça va être malade, tu créras pas à ça.

— Sûr que non. Pis toi, Godard, ça avance, ta *Grande Tribu* ?

God sort son cube de feuilles, scindé au tiers par un signet.

— Vous êtes malades, les gars, je vous admire, lance Lau. Moi, j'ai peur des grosses briques. Chaque fois que j'en commence une, je finis par lâcher. J'suis plus du genre «tite-vite».

— C'est-tu vrai, ça, Godasse? lance Lidz, rouvrant son livre et se calant, tout fier, au fond de son siège.

Jean-Simon Lisée, mesdames et messieurs!

— C'est pas moi qui le dis, se défend Marco.

— En fait, mon Lidz, c'est ben dommage, mais tu pourras jamais le savoir vraiment, lance la douceureuse Lau.

Le rire de God vole en éclats. Le roi des trolls demeure de glace, tête appuyée contre la vitre, nez dans sa brique :

— Ouais, ben, tu sais pas ce que tu manques, Lolita. À part de t'ça, faut jamais dire «jamais».

— Lidz, j'ai-tu l'air d'une étudiante du cégep qui mouille devant son prof qui parle siii bien? Sérieusement, c'est quand la dernière fois que t'as couché avec une fille qui était au moins à deux ans près d'avoir ton âge? T'en souviens-tu?

Lidz pose son livre, essuie le venin qui vient de gicler partout sur lui.

— Euh... attends un peu, fait-il, hésitant, l'air de vraiment chercher.

— Tu le sais même pas, hein? Ça m'étonne pas. Ça t'est déjà arrivé, au moins? Rassure-moi.

J'interviens :

— Ouais, y a eu la grosse milf haïtienne...

Lidz acquiesce, mais cherche toujours :

— Ça fait longtemps... au moins cinq ans... il doit ben y en avoir eu d'autres après...

— Y a eu ta femme-fontaine, aussi, celle qui avait passé quarante ans, tu disais..., lui rappelle Marco.

— Non, c'était la même, objecte Lolo.

— Comment ça, c'était la même ?

— La grosse milf haïtienne, c'était aussi la femme-fontaine, confirme Lidz, les yeux toujours dans le vague. C'était la même personne.

— Wow, vraiment ? Elle avait-tu une jambe de bois, aussi ?

— Non. Jamais couché avec une unijambissse... j'sais pas si j'pourrais... c'est p't-être un p'tit peu trop kinky pour moi... Mais vraiment, y aurait personne d'autre, depuis celle-là ?

— Tu vois, je te l'avais dit, j'suis trop vieille pour toi. À part la milfontaine, c'est les tites-jeunes que t'aimes, toi, parce qu'elles sont plus faciles à impressionner, pis t'as besoin de te sentir supérieur pour être capable de séduire ou de bander. Une fille qui te tient tête ou qui te parle d'égale à égal, ça te déstabilise, pis t'aimes pas ça. Beaucoup de gars sont de même, je pense, mais chez toi, c'est à la puissance mille.

— Ouais, j'sais pas, non, t'exagères, Lau, c'est circonstanciel, surtout... On rencontre pas qui on veut quand on veut, dans la vie, ça adonne juste que les filles de mon âge sont toutes casées, ou folles, comme la Rianne, pis que les tites-jeunes le sont pas, en couple, je veux dire, ou en tout cas, pas aussi sérieusement...

— Qu'elles soient casées, c'est vraiment ça qui t'arrête? fait Laurence. Voyons don, ton Haïtienne, elle était mariée, elle avait des enfants, pis ça t'a pas retenu.

— La moralité pis les plaisirs du corps font rarement bon ménage, Lolita, je t'apprends rien. Pis je t'apprends rien non plus quand je te dis que c'est à dix-huit ans que les filles sont les plus belles, fraîchement fleuries pis pas encore de cellulite partout dans les cuisses. C'est ben difficile de résister à ça, surtout en position d'autorité, n'importe quel gars qui l'a vécu pourrait te le dire.

— C'est encore des tites-filles, Lidz, pis quand tu leur donnes de l'attention, elles se sentent spéciales, c'est tout. Elles t'idéalisent, pis j'suis certaine qu'à chaque fois que tu couches avec une étudiante, tu finis par lui briser le cœur pis par la décevoir.

— Ben voyons don, faut pas charrier... J'suis resté en bons termes avec quasiment toutes celles avec qui il s'est passé de quoi, je leur conte pas d'histoires, je leur dis pas «je t'aime», pis c'est des adultes, ces tites-filles-là, t'as l'air de l'oublier... À part de t'ça, j'm'arrange toujours pour qu'il se passe rien pendant la session, faiqu'y a pas de conflit d'intérêts possible. Ce qui se passe entre moi pis elles, c'est pas tordu, c'est même naturel, je dirais, parce que les femmes ont toujours préféré les hommes plus vieux, pis les hommes plus vieux le leur rendent bien, faiqu'entre toi pis moi, ce que je fais, c'est vraiment pas aussi monstrueux que t'as l'air de le penser... Sauf que t'as droit à ton opinion, c'est sûr, pis j't'aime pareil, Lolo.

— Ouain… t'es rien qu'un écœurant pis un abuseur de jeunes filles, mais, moi aussi, j't'aime ben.

— Bon, c'est mignon, ça, serrez-vous don la main, qu'on en finisse, conclut Marco.

Lidz se retourne, prend la main de Lau et lui lance un clin d'œil :

— Tu sais que dans un autre espace-temps, t'es ma chouchou pis j'suis ton prof préféré ? D'ailleurs, en ce moment même, je te convoque dans mon bureau, on est tuseuls, tu viens t'asseoir à côté de moi…

— Pis c'est là que tu te réveilles avec la graine molle entre les jambes.

Lévis. A&W. Toute la famille Burger est là, jumeaux compris. Pas si mignons que ça, d'ailleurs. Pas si bons que ça non plus, mais on est affamés. God a pris deux Papas Burger. On n'a plus les familles qu'on avait, diront certains – qu'ils aillent au diable ; on est en 2012. Jambes qui craquent sous la table. On n'a toujours pas parlé de Djibi depuis qu'on est partis. Pas encore, et si j'avais du bois, j'y toucherais à deux mains pour que ça dure. Pas comme si on avait grand-chose de neuf à raconter sur lui non plus. Vaut mieux pas mettre en mots, des fois. Des fois, y a que des conneries qui peuvent sortir. Ou des banalités. Et/ou.

— Djibi, vous savez où il est ?

Ah, fuck, Lau. Fallait seulement que j'y pense. Télépathétique Lau, parfois, j'ai l'impression que tu fais exprès.

— Non, on sait juste qu'il est à Gaspé, chez un obscur ami que personne connaît, résume God entre deux bouchées de papa.

— Ouais, j'suis pas sûr qu'il existe, moi, cet ami-là, je fais remarquer. Il en a jamais parlé à personne, je l'ai jamais entendu dire qu'il était déjà allé en Gaspésie, pis hier soir, quand j'ai parcouru ses contacts Facebook, j'ai trouvé personne qui avait l'air d'habiter là. D'après moi, il a dû inventer ça juste pour pas trop inquiéter ses parents.

— OK, faique si je comprends bien, on arrive là, pis on le cherche? J'veux pas péter votre bulle, les gars, mais ça peut être long, pis ça peut même rien donner pantoute.

— Gaspé, c'est pas Shanghai, Lolo, je lui réponds.

— C'est pas le parc Émilie-Gamelin non plus.

— Bah, si on fait tous les motels, tous les hôtels, tous les cafés pis tous les pubs de la place, qu'on jase un peu avec le monde, on a des très bonnes chances de finir par tomber sur lui. T'es déjà allée, toi, à Gaspé? Le «centre-ville» – *guillemets mimés* – est pas ben gros, pis connaissant Djibi, si ça fait deux semaines qu'il est là, ben ça fait deux semaines qu'il squatte les terrasses de la rue principale.

— C'est vrai, renchérit God, pis une grand-affaire de même, qui vient d'ailleurs pis qui a l'air de malfiler, c'est le genre de choses que les gens remarquent, dans des tites-places comme ça.

— Ouais, mettons.

— J'suis sûr que rien qu'à parler avec deux trois serveuses, on va finir par le trouver, reprend Marco.

— Les serveuses, elles l'auront peut-être vu, mais elles sauront pas où il dort, note Laurence.

— Ça, c'est encore drôle, objecte Lidz avec un air de vieux satyre.

— Franchement, tu penses vraiment qu'il a la tête à ça?

— Quoi? Faut ben que le méchant sorte…

— Ouais, toi, on sait ben… Faique pour les chambres, vous vous étiez arrangés comment, avant que je vienne tout compliquer?

— Bah, c'est pas grave, je réponds. On avait déjà réservé deux chambres dans un motel en plein «centre-ville», avec un lit double dans chaque chambre, c'est tout ce qu'ils avaient. On fait des équipes, on dort deux par lit, pis c'est réglé.

— Ah, OK. Pis qui couche avec qui?

Silence lourd de non-dits. J'expose le plan initial :

— Ben, on avait décidé d'alterner pour que chacun puisse dormir seul au moins deux jours, mais là, on pourrait faire deux équipes, pis les garder pour toute la semaine.

— Ouais, j'étais censé être avec Elpé, faiqu'on pourrait garder ça de même, suggère Marco, qui craint sûrement – avec raison – d'avoir à dire adieu à sa vie de couple s'il passe la semaine entière à dormir avec Laurence.

— Ouais, OK, donc moi pis Lidz, on prendrait l'autre chambre, conclut-elle avec beaucoup d'efforts pour enterrer sa déception. C'est parfait, ça.

Lidz pose la main sur son bras, entre deux plateaux gras :

— Je vais être doux, je te le promets. On va y aller à ton rythme.

— Tu peux être sûr de t'ça, mon grand. Pis t'es mieux de pas ronfler, soûl-mort ou non.

— Soûl-mort, ça compte pas. De ce côté-là de l'ivresse, t'es plus nasalement responsable.

— Tu me rassures. J'ai hâte.

La Pocatière. Pluie qui tombe dru. 140 km/h ; pas que ça à faire. Lidz dort, God lit son VLB, Lau son *Devoir*. Plaisir de dépasser les gros péquopes d'homme pour qui plus c'est gros, mieux c'est. M'en vas leur montrer, moi, du bas de ma minoune grise. Ouach. Char de la SQ, caché comme à chaque fois. Pas eu le temps de ralentir ; ça va coûter un bras. Toujours rien dans le rétroviseur. Le radar ne pointait peut-être pas vers nous ? Erreur, v'là les gyrophares – maudits soient-ils –, qui foncent vers nous en tournoyant dans leur orbite.

— Tabarnak !

— Qu'est-ce qu'y a ? demande Lau.

— La police, hostie !

— Fuck, on l'a manquée, constate Marco.

C'est sûr qu'on l'a manquée, Godasse, t'avais le nez dans ton livre. Et v'là Lidz qui se réveille. Je range la Yaris sur le bord de la route. L'auto-patrouille s'arrête derrière. En sort l'officier, qui s'approche sous la pluie. Je sors mon portefeuille du coffre à gant. Qu'on en finisse.

— Hostie de cochon! rage Lidz.

— Dis pas un mot, toi, crisse! Rends pas ça pire que c'est, je lui ordonne, sachant trop bien à quoi m'attendre.

Vitre qui s'ouvre sur le visage du policier, enfoui sous son capuchon tout trempe.

— J'allais un p'tit peu vite, hein? J'm'en suis pas rendu compte, désolé.

Impression vague d'être un tit-gars. Eau de pluie froide à l'intérieur du char.

— Cent trente-cinq, c'est pas juste un p'tit peu vite, répond le patrouilleur. Je vais avoir besoin de vos papiers.

— Ben voyons, s'emporte Lidz, il roulait pas à cent trente-cinq, il a pas dépassé cent vingt depuis qu'on est partis, on est pas des caves, on le sait, que vous vous cachez derrière les arbres sur le bord de la route!

J'ignore le lézard et tends mes papiers sous le mitraillage du ciel.

— Le radar dit cent trente-cinq, maintient le policier sans même passer près d'avoir l'air un peu impressionné.

— Ouais, ben, il est peut-être brisé, ton radar, c'est une machine, pis les machines, ça brise, des fois. Moi, j'étais ici, pis j'te dis que c'était cent vingt.

L'officier lève les yeux vers moi et fronce ses sourcils dégouttants :

— Dis à ton ami de se calmer, OK ? Ça va être ben plus simple pour tout le monde si y dit plus un mot.

— C'est une hostie de belle job que t'as, toi, crisse ! Va don piocher sur des ados, à' place !

— C'est pas Montréal, icitte, tit-gars, fait l'officier en s'éloignant, sourire au coin des lèvres.

Il disparaît dans son véhicule. Toujours risqué d'être avec Lidz quand la police arrive ; on l'a compris dès nos premières ribotes aux quilles de Black Label force 10 dans les tits-parcs paisibles d'Outremont. Toujours les mêmes problèmes avec l'autorité. Seule solution pour lui : devenir l'autorité, devenir prof – faute d'avoir pu devenir despote.

— Ta yeule, Lidz, ça donne rien.

— C'est son travail, qu'est-ce tu veux qu'il fasse ? lui demande Lau.

— C'est un travail de marde, pis notre job de citoyen, c'est d'y rappeler.

— Hostie d'anarchissse ! lance God. Je peux pas croire qu'ils te laissent tuseul sans surveillance avec nos jeunes.

Lidz tasse les mèches de cheveux gras qui lui obstruent la vue, s'allume une cigarette :

— Maudite Pocatière à' marde. OK, je dirai plus rien.

Rimouski. Route 132. 16 h. On est à mi-chemin. Grands flots qui coulent toujours sur le pare-brise. Pour oublier la fatigue et qu'il nous reste encore plus de six heures de beau bitume à parcourir, on gueule en chœur comme des canailles :

— Je l'ha-ïïïs, j'l'haïï-ïïïs pas pantoute ma vi-iiie!

Derrière, une vieille Volkswagen blanche au pare-chocs rose essaie de monter ma Yaris. Moi, je suis contre les croisements de races de char, pis j'en ai plein mon cassse. Si t'es pour me coller, dépasse. Surtout que c'est pas les occasions qui ont manqué depuis dix minutes. Je ralentis un peu, seulement pour lui montrer.

— Elle commence à m'énerver, la tite-blanche en arrière. Elle m'énerve tellement qu'a ménarve.

— Cass-sa-yeul, fait Marco.

— Trois syllabes, pas plus, pas moins, corrobore Lidz.

Lau, qui ne comprend pas toujours nos références, fronce les sourcils :

— Vous m'inquiétez, des fois, les gars.

Lignes pointillées. Horizon vide dans la voie de gauche. Enweille, tit-coune, c'est là que ça se passe, tu le sais que ça te tente. Limite à 90 km/h. Je flirte avec les 80, question de ne plus lui laisser le choix. Il se rapproche encore, hésite longtemps, semble n'y rien comprendre, finit par se lancer.

— Booon! lance-t-on comme un seul homme.

— Bienvenue dans l'âge adulte, hostiiie! s'exclame Lidz, applaudissant.

Un dix-huit roues derrière, impatient, comme de raison, s'approche agressivement de ma plaque qui se souvient. Je rugis jusqu'à 120 pour effrayer la tite-Volks, plus ridicule encore vue de l'arrière, avec son toit ouvrant de couleur noire.

— OK, c'est vraiment laid, c'te char-là! constate Lau.

— Quoi, t'aimes pas ça, la crème glacée napolitaine?

— Godard, t'es foumalade! lance Lidz, tout sourire.

À 110, je suis dangereusement près de la minoune trois couleurs qui me collait au cul quand je roulais à la même vitesse. Branche-toi, bonhomme.

— Enweille, tit-gâteau, tu voulais rouler, ben roule, fais pas semblant!

— C'est vrai que ça ressemble à un tit-gâteau! approuve Lau dans un élan de joie.

Et nous de gueuler après tit-gâteau.

Matane. L'odeur du fleuve traverse les fenêtres closes. Leau dort, belle dans le rétroviseur, visage demeuré lourd de sens pour moi, malgré le temps, douloureuse brunette aux longs cils noirs fermés sur deux noisettes de nacre. Chaque fois, c'est la même chose, chaque fois qu'on se revoit, c'est tout notre passé qui me rattrape au grand galop, c'est mes conneries, mes égarements, mes craintes de tit-gars devant la tite-fille devenue trop femme trop vite, voisine d'en face attirée trop tôt par des gars trop vieux, mon incapacité à être autre chose pour elle que ce qu'elle a toujours connu, cet autre qu'elle aimait jadis, mais qui n'est maintenant plus possible. Lidz et Marco, ils ne savent rien de tout ça, de notre surgissement hors de l'enfance jusque dans l'âge adulte à coups de forceps. En fait, je ne sais pas s'ils savent ; moi, je ne leur ai jamais rien dit là-dessus. Lau, peut-être. De toute façon, ça ne m'intéresse pas, on ne s'en parle plus, de cette époque étrange, lointaine et proche, où j'aurais tout tenté pour être tout pour elle, tout tenté sauf la chose qui aurait été logique, simple et normale en pareilles circonstances, c'est-à-dire l'embrasser. L'occasion est passée souvent, mais je ne l'ai jamais saisie. Maudit *kairos*, qui m'a toujours paralysé. Et puis, j'ai rencontré Karine, j'ai fait longtemps comme si de rien n'était, j'ai rayé Lau de mes souvenirs et l'ai enfouie sous une indifférence factice, mais tout revient toujours, tout resurgit sans cesse, alors, une fois Karine partie – à cause de mes niaiseries, toujours les mêmes hosties de niaiseries –, qui est-ce que je retrouve ici, ensommeillée comme un ressac maudit du temps jadis ? Éternelle Lau, qui ne disparaîtra jamais vraiment.

Loin devant, tache noire sur le bitume, sous la pluie qui bat toujours : carcasse de raton picossée par un corbeau s'élevant au-dessus de la route, négligemment, pas trop pressé, pas même inquiet que je le happe au vol. Je ralentis pour l'éviter. La mort croisée à chaque instant sur l'autoroute.

— Roadkill, fait Lidz, les yeux penchés sur Joyce.

C'est ce qu'il dit chaque fois qu'on croise un cadavre animal sur la froide sphalte. Je ne sais pas pourquoi. Je pense qu'il les compte.

Cap-Chat. Neuf heures et demie de route, et le corps le sait. J'aurais don dû faire installer le pilote automatique. J'aurais don dû. Pas question de laisser conduire les autres. Lidz et Marco viennent d'avaler chacun huit onces de Capitaine Morgan ou à peu près – en fait, c'est sans doute plus pour Lidz et moins pour God – et Lau aligne les siestes depuis Saint-Ulric. Étonnant, d'ailleurs, qu'elle puisse dormir avec le bruit produit par les deux autres. Elle n'aura pas de problème avec les ronflements de l'anarchissse quand il sera soûl-mort à deux pouces d'elle en dessous des draps. Parce que soûl-mort, il le sera, ce soir comme tous les autres ; je miserais tout ce que j'ai là-dessus – même si je n'ai pas grand-chose.

— Les noms de tites-villes, en général, je trouve ça malade, lance le lézard. Mais j'pense qu'à date, y a rien qui bat Les Boules.

— Ouais, Les Boules, c'est fou, approuve Marco, mais j'aime encore mieux Les Méchins.

— C'est sûr, tout le monde aime ça, les Méchinois, je fais remarquer.

Laurence éclate de rire. Godard ajoute que Cap-Chat, c'est quand même pas piqué des vers non plus.

— Cap-Chat, c'est cuuuuute ! renchérit Lidz avec sa voix des meilleures occasions.

Éoliennes au loin, sur la montagne, au bout de la pluie. Géants aux longs bras blancs qui tranchent l'air torrentiel en saccades inquiétantes. Crainte de les voir sortir de leur torpeur et se mettre à marcher.

— Ça vous fait peur, vouzautres, les éoliennes ?

— Nouzautres, on boit, pis c'est toi qui es soûl, el père?
Enweille, passe-moi le volant.

Fantastique mont Saint-Pierre pris dans la brume.
Deux heures de route encore. L'estomac vide, ça ne
s'endure jamais autant que sur le siège du conducteur.
Et puis, les conneries des deux autres me gardent
éveillé. Faut dire que je ne cracherais ni sur ni dans un
bon café. Gaz-O-Bar droit devant. Parfait.

— On va arrêter mettre de l'essence. Si vous voulez
passer aux toilettes, c'est le temps.

— Ouais, je vais aller au dépanneur, aussi, dit Marco.
Ça fait deux heures que j'ai le ventre qui gueule.

— Oooh, pautit-homme! le plaint Lidz.

— C'est ça, ta yeule. J'vous rapporte quelque chose?

Lau reprend conscience, se frotte les yeux. J'arrête le
véhicule devant la pompe.

— Attends, Godette, j'm'en viens. Y commence à faire
soif par cheunous.

Lidz a souvent soif entre deux passages en désintox.
Nous, on ne lui fait plus la morale depuis longtemps;
on est ses amis, pas ses parents. D'ailleurs, ses parents,
il ne les voit plus. Et la même chose vaut pour tous
ceux qui ont pris l'habitude de lui faire la morale dans
les dernières années. On a choisi notre camp. Depuis
un an, il s'en sort assez bien: il s'est fait embaucher
l'été dernier comme prof à André-Laurendeau après
avoir perdu son poste à Bois-de-Boulogne deux ans

plus tôt à la suite d'une dérape monumentale qui l'a conduit à Louis-H. Il a mis du temps à s'en remettre, de celle-là. Lentement mais sûrement, après un mois d'internement, il s'est replongé dans l'enseignement comme moniteur à temps partiel dans deux trois centres d'aide en français, le temps de reprendre un peu d'aplomb. Il est resté sobre une année complète, puis il a fini par flancher : il s'est dit que tout ça, c'était derrière lui, il s'est remis à boire, socialement d'abord, par habitude ensuite, et finalement parce que c'était tout simplement plus fort que lui. En attendant la prochaine chute, on tâche de profiter de chaque moment passé à ses côtés, même quand son attitude nous fait royalement chier. Il va se casser la gueule deux trois fois encore avant d'apprendre – du moins, c'est ce qu'on espère –, ou bien il n'apprendra jamais. Et ça ne tient qu'à lui.

On sort de la voiture, Lau la dernière, complètement assommée.

— Les gars, pendant que je remplis le char, achetez-moi don un grand café noir avec une barre Vector au chocolat.

— Ouach, t'es sérieux ? fait Marco en s'étirant du haut de ses six pieds quelque. C'est dégueulasse, ces barres-là.

— Toi, t'es dégueulasse.

God part à rire. Y a des fois, comme ça – quoique c'est peut-être juste la fatigue –, où il aime ça quand on l'insulte.

— Veux-tu quelque chose, Lolo ? demande Lidz.

— Euh... arriver ?

— OK, peut-être tantôt. Pis seulement si t'es sage.

Ils s'éloignent. Douleurs dans les genoux, dans le cou, dans les trapèzes. Pompe qui vomit dans le réservoir. Lau craque du cou, les cils scellés :

— Ça va, toi? Pas trop fatigué? Je peux prendre le relai, si tu veux...

— Non, c'est correct, je vais y arriver, on est quasiment rendus. T'es ben fine quand même.

— Oooyoyoye, j'ai vraiment manqué un boutte, là... T'as une idée j'ai dormi combien de temps?

— Une couple d'heures, au moins.

Elle pousse un long bâillement, fait la moue, s'approche et pose la tête sur mon épaule. Je déteste quand elle agit comme ça, quand elle me touche sans même savoir toute la douleur que ça provoque chez moi.

Clac. Réservoir plein. Je sors le pistolet, bouge mon épaule; Lau lève la tête.

— J'suis contente de te voir, Louis. Ça fait trop longtemps qu'on s'est pas vus. Tu me manques.

Elle m'appelle Louis seulement quand on est seuls, bien loin des spectateurs qui ne savent pas qu'elle joue toujours un rôle.

— C'est vrai que ça fait longtemps... Pis, la vie est bonne pour toi?

— Ben oui, tu sais ce que c'est, ça va... on survit, faut ben.

— Pas le choix...

— Ça se passe comment, toi pis Karine?

Merde, qu'est-ce qu'ils font, les gars, à ne pas revenir? Bon, ça y est, ils sortent du dépanneur. Enfin. Sauvé par la cloche. Et par l'idiot.

— On est plus ensemble, tu savais pas? Depuis déjà deux mois...

— Ah ouais? J'suis désolée, Louis... Faudra qu'on se trouve un moment, quelque part cette semaine, pis que tu me racontes ça...

Elle pose la main sur mon bras.

— Ouais, on essaiera.

— Bon, quissé qui a demandé du vin, icitte? lance Lidz en brandissant une bouteille de Wallaroo Trail, son vin de dépanneur favori – surtout parce qu'il ne se vend qu'en format d'un litre.

— Toi, je réponds en acceptant la barre Vector et le café que me tend Marco, lui-même armé d'une bouteille tirée des pis du même animal.

— Quand les SAQ sont fermées pis qu'on est au fin fond de la Gaspésie, la seule option qu'il reste, c'est de suivre la piste du wallaroo, affirme-t-il, tout sourire.

— Ça, c'est un homme, approuve Lidz en secouant la charpente massive de Marco par l'épaule. Il s'en fait plus, des comme ça, y ont arrêté d'en produire en 83.

Marco le repousse :

— Enweille dans le char, toé, c'est pas de même qu'on pogne un wallaroo.

— Je vais aller aux toilettes, les gars, dit Lau. Ça sera pas long.

J'y serais allé aussi, mais ça peut attendre. Vaut mieux rester avec les deux autres.

Lidz ouvre sa bouteille et jette le bouchon derrière lui :

— À la tienne, mon Godard !

Et ils s'enfoncent chacun leur goulot dans la gueule. La gorgée du lézard s'étire dangereusement. Gorgée d'un gars qui va bientôt sombrer.

L'Anse-au-Griffon. 21 h. Routes serpentines au creux de la brume opaque. La grande faucheuse à chaque tournant. Lidz pousse des cris quand ça descend, et ça descend souvent, tellement qu'il a fini par tirer Lau des bras de Morphée. Parfois, ça monte aussi, ça bouche les oreilles et ça repousse les limites de la pautite-Yaris, qui peine à maintenir ses distances avec les gros colons de péquopes qui veulent la prendre pour leur femelle. Je fixe attentivement la ligne jaune sur la route ; seule façon de s'assurer qu'on ne finira pas par-dessus bord. Un coup de volant, un épais qui s'engage trop vite dans un virage en sens inverse, et on y passerait tous. Toujours eu l'impression que je finirais comme ça ; la mort violente ou rien. Ça ou une fusillade en plein cégep comme c'est devenu la mode.

Le gros péquope d'homme qui me harcèle de ses phares blancs depuis trop longtemps pète finalement les plombs.

Engagé sur une pente abrupte qui fait travailler la Yaris d'arrache-pneu pour seulement maintenir le cap des 70 km/h, l'habitant traverse la ligne pleine, me dépasse par la gauche et s'enfonce dans la noirceur brumeuse à une vitesse de suicidaire.

— Énervé du câlice !

— C't'un hostie d'crinqué, cel-là ! s'exclame Marco, qui a fini par le trouver, son wallaroo.

À travers la grisaille, je m'attends à croiser à tout moment un amas de ferraille renversée de péquope flambé neuf. Rien, pourtant. Il aura repoussé l'ultime frontière. À moins qu'il l'ait franchie au fond des bois, d'un seul élan, contre un arbre ou un orignal épormyé.

— On voit vraiment rien, Elpé, veux-tu t'arrêter, le temps que ça se calme ? suggère Lau tandis que je ralentis à 40 km/h pour aborder la prochaine courbe, zigzaguant au cœur des nuages gris.

— C'est correct, on va y arriver.

— Y en a vu d'autres, son père, franchement ! C'est pas n'importe qui, el paaadre ! crie Lidz en agitant les doigts en l'air comme un parrain, amalgamant du coup l'espagnol à l'italien, preuve de la quantité importante de jus de wallaroo dans ses veines.

— T'es détruit, mon lézard, je lui lance, suivant toujours des yeux la mince ligne jaune à ne pas franchir.

Souvenirs de la brumeuse Écosse avec Karine, deux ans plus tôt, des routes en montagnes russes et teintes de gris sur l'île d'Islay, de l'éternelle distillerie Lagavulin et de son nectar terrestre, de la révélation partagée des premiers picotements sur la langue, des gencives engourdies, de l'incompréhension qu'un liquide puisse ainsi tirer les papilles de leur hibernation. Souvenirs des soirs sur la terrasse de notre hôtel près du loch Ness, à rêver monstres, à boire du scotch, à fumer des cigares ; la belle époque où je fumais encore et où Karine avait toujours confiance en moi. Tâcher d'oublier ; la seule façon. Enfouir ces trois années très loin derrière, les enterrer si creux qu'ils en ressortent sous le soleil de Chine. Mille jours tranchés dans les lignes de la main. Percer des yeux l'horizon vide, la route blafarde comme la mort. Maudite pulsion, maudit désir que ça prenne fin, moi et les autres, et tout d'un coup, maudit volant entre mes mains, auquel s'accrochent ces vies dans ma voiture, que l'amitié aveugle et dont la pleine confiance en moi disparaîtrait si elles savaient seulement pourquoi parfois je suis sans voix devant leurs bouches qui tonitruent en éclats de rire que je n'arrive pas à comprendre.

— Ouais, j'pense que Gros-Morne, ça bat tout le reste, fait Lidz en glissant une énième cigarette entre ses grosses babines mauvines.

Il va falloir que j'en grille une ce soir en arrivant. Récompense méritée de date immémoriale.

— En r'venant, j'achète un t-shirt souvenir, c'est sûr, conclut Marco, bien enfoncé dans son siège, paupières entrouvertes à travers la fumée.

Lau, adossée contre la porte, laisse reposer ses jambes sur lui.

Gaspé

Motel Adams. Squelettes qui craquent jusqu'en dehors de la Yaris. Lidz gueule. Lau lui dit de se la fermer. Il est 22 h. En semaine. On traîne les bagages à la réception. Il va falloir manger bientôt, on n'a toujours pas soupé, si j'exclus ma barre Vector, les deux sandwiches du dépanneur à la moulée de jambon que se sont tapés Lidz et God et le sac de Miss Vickie's de Lau.

— Bonsoir à vous! lance Lidz, ouvrant le pas jusqu'à l'accueil.

Un homme aux cheveux poivre et sel est assis derrière le comptoir. Il se lève à notre arrivée :

— Bonsoir, dit-il d'un air crispé, sans sourire, sortant un formulaire de sous le bureau.

— Ça va bien par cheuvous? poursuit Lidz en laissant tomber ses sacs au pied du comptoir.

— Ça va, oui. Vous êtes monsieur Lussier?

— Oh, j'aimerais ben ça, mais non. N'est pas m'sieur Lussier qui veut, vous savez.

— C'est moi, monsieur, bonsoir. On a une réservation pour deux chambres avec lit double.

Le commis fixe un instant notre lézard derrière ses grosses lunettes, l'air de ne pas trop comprendre, puis se tourne vers moi :

— Très bien, et vous avez réservé pour sept nuits, c'est ça?

— Exact.

— Donc, deux chambres pour fumeur avec lit double, accès Internet et télévision câblée...

— Yes sir, el caablo! tonne Lidz en frappant l'épaule de God. C'est parfait, comme ça, j'raterai pas mes programmes!

— Ouais, j'sais pas quissé qui était à Pénélope, à soir, hein?

Godillon fait toujours son comique quand il a bu. Lidz, lui, c'est tout le temps. Constant dans l'inconstance. Le commis poursuit :

— ... télévision câblée, donc... voici le code pour le réseau Internet, et voici vos clés.

Il pose deux cartes à puce sur le comptoir, ainsi qu'un bout de papier où sont inscrits douze chiffres.

— Est-ce qu'on pourrait avoir un double de chaque carte, s'il vous plaît? je lui demande. On est quatre, et on sera pas toujours ensemble...

— Ouais, après douze heures de route avec euzautres, j'vais prendre mes distances un tit-peu, j'pense, déconne Lidz.

Perplexité dans les yeux du commis.

— Bien sûr, finit-il par me répondre, une fois ressaisi. Je vous donne ça.

— OK, ta yeule, Lidz, t'en as assez fait pour à soir, lance God.

— Oui, monsieur Miché, comme vous voudrez, monsieur Miché, réplique le lézard soûl avec des airs de Gavroche.

Lau part à rire, et je me retiens de l'imiter. L'employé pose les doubles sur le comptoir avec un sourire nerveux – son premier depuis notre arrivée :

— Oh, ne vous inquiétez pas, c'est un plaisir de vous avoir ici. Vous arrivez d'où ?

— Mourial, répond Lidz, un grand sourire de troll lui entrouvrant la face jusqu'aux oreilles.

— Oh, très bien, vous avez fait bonne route ? demande notre hôte en détournant les yeux vers Lau.

— Avec un bon chauffeur, on fait toujours bonne route, répond-elle en me posant la main sur l'hétéroplate.

— Monsieur Lussier, il l'a, l'affaire. Allez pas douter de ça, vous, là ! lance Lidz en brandissant l'index à la hauteur du nez osseux de notre hôte.

— Non-non, je n'en doute pas... Alors, il ne vous reste plus qu'à signer le contrat et à régler les frais. Vous séparez la facture comment ?

— Une seule facture, je réponds. On s'arrangera entre nous pour la suite.

— Très bien, le total revient à 1 233,60 $, taxes incluses.

Je signe le contrat et tends ma carte de crédit.

— Si monsieur Tout-le-Monde savait ce qu'on se paye avec son argent…, déconne Lidz en s'enfonçant une cigarette dans la gueule.

— J'ai vu trois enseignants et une comédienne s'offrir la suite royale aux frais de l'État… La belle vie ! ironise Marco.

L'employé, crispant les lèvres, se raidit d'un seul coup :

— Monsieur, c'est non-fumeur à l'intérieur du lobby.

Lidz prend le temps d'allumer sa clope et d'en prendre une longue bouffée, qu'il recrache au-dessus du comptoir, jusque dans les lunettes du commis, agrippe les sangles de son sac ado comme de son sac adulte, ramasse sa carte à puce et tourne les talons :

— Je vous attends dehors.

Il sort tandis que le commis, devenu tout rouge, agrafe ma copie du reçu au contrat d'une main tremblante.

— Inquiétez-vous pas, il est pas méchant.

— Ouais, je pense que le voyage l'a épuisé, ajoute Lau.

L'homme cherche ses moyens :

— Pas de problème, fait-il, même si une veine semble essayer de lui sortir par la tempe gauche. Avez-vous d'autres questions ?

— Oui, est-ce qu'il y a un restaurant qui livre à cette heure-ci, pas loin ?

— Il y a la cuisine du resto-bar Le Castor, qui est ouverte jusqu'à 11 h… deuxième porte à gauche en sortant d'ici… Si vous avez des questions, vous pouvez joindre la réception en composant le 0... Vous êtes aux chambres 7 et 8.

— Parfait, merci beaucoup!

— Bonne soirée, monsieur! lance Lau d'un ton d'enfant pour atténuer l'étrange effet produit par Lidz.

— Bon séjour, répond ce dernier, baissant les yeux vers son comptoir pour faire semblant d'être occupé.

De retour du resto-bar. Quatre grosses poutines chaudes en équilibre à bout de bras, sac de canettes de Coke entre deux doigts. Porte numéro 7. J'enfile la carte, tourne la poignée. Chambre sans prétention ni charme précis, comme on en trouve dans tous les recoins d'Amérique. God, assis à table, pitonne sur son iPhone. Il doit écrire à sa copine que tout s'est bien passé. Lidz, à sa gauche, roule un joint et fume une clope – après la poutine, je lui en vole une, c'est sûr. La porte du fond – la salle de bain, sans doute – est fermée. Lau et son poupounage d'après-trajet.

— Aaaah! s'exclame Lidz. C'est l'heure de la nutriciance!

— Ça va faire du bien. Ferme ça, Godette, c'est le temps de manger.

Marco poursuit son pitonnage jusqu'à ce qu'on lui glisse une grosse poutine fumante sous les narines.

— Toi, tu sais comment me prendre, el père.

Bruit de toilette qui flushe. Lau vient nous rejoindre à table. Lidz a fini de rouler son joint, se le glisse derrière l'oreille, écrase sa cigarette au fond du cendrier.

— C'est pour ça que je veux rien savoir des cellulaires, je lance en égorgeant ma canette de Coke. J'ai pas envie qu'on puisse me joindre en tout temps.

— C'est parce que t'as des choses à cacher, suggère God.

— Ha! ha! ha! OK, ouais. Non.

— Voyons don, t'as rien à cacher, toi, mon Godard? s'étonne Lidz, la bouche pleine. Ta blonde, tu lui as dit qu'on était combien, ici, hein? Ben, c'est ça.

Marco ne répond rien. J'éclate de rire. Victoire.

— On a tous des choses à cacher, reprend Lau. C'est sûr qu'avec un cellulaire, ça se cache moins facilement.

Lidz fait mine de s'étonner :

— Ah ouais, tu lui caches des choses aussi, à ton Cédric? Pure comme t'es? Quel genre de choses, ma Lolo?

Elle lui répond d'une grimace entendue :

— Si tu savais... Pis ça, c'est rien, comparé aux choses que je vous cache à vouzautres.

Marco y met du sien :

— Moi, là, j'comprends pas c'est quoi l'idée de mettre du fromage râpé dans une poutine.

— Ouais, j'suis ben d'accord... sauf qu'à c't'heure-ci, après douze heures de route, pour passer un commentaire de même, faut vraiment être chialeux, je lui lance.

— OU, ajoute Lidz, faut vouloir changer de sujet.

— Bon 'pétit, tout le monde, conclut Godard, le sourire plein de sauce brune.

C'est vrai qu'à sa place, j'aurais aussi voulu changer de sujet.

— Comment il va, Cédric? reprend Lidz, plus sérieusement.

Haussement d'épaules de Lau :

— Ça va... Il donne toujours ses cours de musique à domicile... il répète plusieurs fois par semaine avec son groupe... pis il fait le tour des écoles primaires et secondaires pour se trouver un poste en enseignement... sauf que c'est pas facile, j'vous apprends rien, surtout dans son domaine...

— Ouais, j'imagine, ça l'est déjà pas vraiment dans le nôtre, approuve Marco en échappant une frite sur la table.

— Bon, tu vois ce que t'as fait, encore, je lui lance.

— Pis, le concubinage, ça se passe bien? poursuit Lidz.

— Ça s'endure, on a le désordre compatible.

— Tant mieux. Parce que c'est important, le concubinage. Con. Cul. Binage. Tout est là.

— Ouais... OK... merci, Lidz. Je vais me coucher tellement brillante à soir que tu pourras même pas dormir.

Rires en éclats.

Une heure du matin. Après une vingtaine de minutes la tête appuyée sur l'épaule de God, assise par terre, dos contre le lit, Lau est allée dormir. On est tous fatigués, mais on continue de boire. Pas besoin de raisons pour ça. La 24 de Beck's achetée à Montréal est entamée ; nouzautres aussi. Lidz, l'œil rouge dans la lumière de son portable ouvert, nous montre ses plus beaux trophées Facebook, pour la plupart des anciennes étudiantes – selon ses dires, en tout cas –, mais on sait bien qu'il doit aussi y en avoir qui suivent ses cours cette session-ci. Plusieurs d'entre elles me sont familières. Joanie Michaud, notamment. Sur la photo, il nous la pointe. Belle brunette aux yeux verts, camisole blanche et tits-seins ronds, devant le miroir avec une amie ; face de canard et signe de peace à l'envers. *26 personnes aiment ça.* OMG tes fulll bellllllllleeeee. Thx BFF jtm x 1000 xxxxxx. Ça et d'autres commentaires du genre.

— Pis ? Elle est-tu comestible, ou bedon si elle l'est pas ?

— Ouais, elle est pas désagréable, suis-je forcé d'admettre.

— Elle est touptite, maudit fucké, répond Marco.

— Elle est majeure, Godasse, pis si tu bandes pas devant une fille comme ça, ben, tu bandes plus pantoute, réplique Lidz.

Photo suivante : les mêmes tites-filles avec trois autres, toutes à croquer, toutes sur leur trente-six, et deux tits-gars très fiers d'eux-mêmes, dans un club – La Boom, selon l'inscription sur la photo. Pétillante jeunesse déjà si loin derrière.

— Faique celle-là, t'as déjà abusé d'elle ou ça s'en vient? demande Marco avant de vider sa bière.

— Non, Godette, non. Méchant Godette. J'ai abusé de rien, on se fréquente un peu, c'est tout... c'est vraiment pur, malgré tout ce que tu peux penser.

Marco se rend jusqu'au frigo tant bien que mal :

— Ouais, c'est ça, bouleshite.

— Du bon sexe pur, si je comprends bien?

— On peut dire ça, ouais, c'était pas si pire, pour une tite-jeune. God, j'vais t'en prendre une autre, moi aussi.

Marco rapporte trois nouvelles bières du frigo, les débouche l'une après l'autre avec son porte-clés, les pose devant nous. Il sort son paquet de Du Maurier, me tend une cigarette, déjà ma troisième de la soirée. J'aurais don dû recommencer plus tôt. Quand Karine m'a laissé, par exemple, ç'aurait été le bon moment. Il faut que le corps exulte, comme dirait l'autre. Parlant d'exultation, Lidz me fatigue avec ses histoires de jeunes filles – me fatigue dans le bon sens du terme. Les amis célibataires ont toujours plein d'histoires à raconter, en tout cas plus que les casés, ennuyants pour mourir avec leurs soirées plates au restaurant, leur hypothèque et leurs histoires de nouveau-nés – réalité tranquille qui tue les autres mondes possibles.

— Ça fait que... raconte-nous ça, je lance à Lidz. Comment ça s'est passé, avec elle?

Lidz, bière en main, s'enfonce au creux de sa chaise, s'étire un coin de la bouche dans un sourire fier, croise la jambe comme un dandy et tasse les longs cheveux gras-bruns qui lui descendent devant les yeux.

— Ça s'est très bien passé, son père, répond-il avec un clin d'œil. Ah, OK, tu veux des détails ? Bon, ben, c'est ça, comme à chaque fin de session, l'automne dernier, quand j'ai souhaité des bonnes vacances à mes étudiants, je leur ai dit que je sévissais sur un blogue, je leur ai donné l'adresse, pis je leur ai dit que s'ils voulaient m'ajouter comme ami sur Facebook, ça me ferait plaisir d'avoir leurs commentaires pis de leurs nouvelles...

— C'est pour ça qu'à chaque fois que je vais sur Facebook, t'es sur le tchat ? je lui lance en pleine face.

— Hostie de prédateur, laisse tomber Marco, l'air quand même amusé.

— Ben oui, pis après ? Facebook, ça peut aussi servir de tribune politique, de place publique cybernétique, un peu comme l'agora ou le forum chez les Anciens. C'est un des meilleurs moyens qu'on a aujourd'hui pour faire réfléchir les gens de notre entourage. La job de prof, grâce à ce médium-là, elle peut se poursuivre en dehors des heures de cours, pis comme l'enseignement, à mon avis, ça devrait être vingt-quatre heures par jour, ben, le fait d'avoir des étudiants comme amis Facebook, ça va avec la fonction de mentor qui est à la base de notre métier. Avoir une discussion politique avec un jeune du cégep aux tites-heures du matin, un samedi soir, j'sais pas si ça vous est déjà arrivé, mais moi, ça m'arrive souvent, surtout depuis le début de la grève, pis c'est le genre de choses qui me donne l'impression de jouer mon rôle comme il faut dans la société, aussi crissement pourrie qu'elle soit.

Marco n'a pas l'air convaincu :

— Ouais, OK, c'est une ben belle théorie, mais j'suis sûr que ton but, c'est surtout de te pogner des tites-jeunes.

— Godon ça si y est de mauvaise foi, c't'homme-là ! lance Lidz. Écoute ben, Dieudonné, y a rien de mal à joindre l'utile à l'agréable… pis à part de t'ça, j'suis pas le premier mentor – pis j'serai certainement pas le dernier ! – dont la matière a un volet charnel.

— T'as ben raison. Toi pis Socrate : même combat.

Les deux ivrognes la trouvent bien drôle.

— Exact, approuve Lidz, t'as tout compris, el père. Toi, on peut dire que t'as saisi mon essence.

— Faique tout le monde a droit au même traitement, les tits-gars aussi ? lance God avec un grand rire et une bine sur l'épaule fluette de Lidz.

— Qui t'a dit que j'crachais sur les tits-gars, toi ? rétorque ce dernier. J'fais pas de discrimination, moi, tous mes tits-jeunes sont traités également, en classe pis partout ailleurs.

Rires un peu moins honnêtes. On ne sait jamais trop à quel point Lidz déconne ou est sérieux sur cette question précise, celle de ses préférences sexuelles. Il aime les femmes, c'est évident – il fait d'ailleurs assez d'efforts pour nous le prouver qu'on s'en voudrait de ne pas y croire –, mais pour ce qui est des hommes, c'est nébuleux. On a tous notre idée là-dessus ; on en discute parfois, puis, rapidement, on se sent comme les tites-madames qui achètent leur *Lundi* tous les jeudis – oui-oui, c'est ce jour-là qu'il sort, ne me demandez pas pourquoi – et qui s'interrogent sur Éric Salvail, puis on s'en veut pour notre bassesse et on finit par parler d'autre chose. Lau est certaine que si Lidz n'est pas gay, il est au moins bisexuel, elle me l'a dit souvent, dans le temps où on se voyait encore, mais il l'énerve tellement qu'on a fini par arrêter de la croire quand elle ragote à son sujet.

— Donc, ta tite-fille, elle t'a ajouté sur Facebook, pis après?

Lidz se tourne vers moi, vide la moitié pleine de sa bière d'un trait, crache un rot, pose la bouteille entre son portable et le cendrier regorgeant de mégots.

— Ouais, c'est ça, elle m'a ajouté. J'me suis montré la face sur le tchat en fin de soirée, comme d'habitude, avec un livre, du jazz, des cigarettes pis du bourbon, pis après avoir vu sa binette traîner dans ma liste de contacts en ligne assez longtemps, j'y ai adressé la parole – c'est rare qu'un étudiant fait les premiers pas, il a trop peur de te déranger; un prof, c'est quelqu'un de sérieux pis de ben occupé à des choses ben importantes, et pis tout l'temps, même après minuit... On a jasé, pis après une couple d'heures, j'étais déjà pas mal paqueté, j'avais de la misère à écrire, pis j'faisais des fautes qui ont aucune espèce d'allure. Elle s'en est rendu compte, elle a ri de moi, pis j'y ai répondu que c'était pas poli de me laisser boire tuseul, comme ça. Elle a résisté un peu, probablement par gêne, pis elle a fini par aller chercher le Schnapps aux pêches de ses parents...

— Ouach, pautite-fille, la plaint Marco.

— Ouais... faiqu'on a trinqué virtuellement jusqu'aux p'tites heures. J'me rappelais pas trop c'qu'on s'était dit, le lendemain, mais quand j'ai relu nos messages, j'ai vu que ça commençait à être pas mal cochon, vers la fin. Deux jours plus tard, on a rejasé encore toute la nuit, je l'ai invitée à prendre un verre pas loin de cheunous le lendemain soir, pis on a concubiné.

— Salaud, conclut God en s'étirant. Tu l'as pas eue dans ta classe la session d'après, j'espère?

— Non, y avait aucune chance que ça arrive, j'prends pas ce genre de risque-là. Elle était dans mon groupe de 103 à l'automne, pis tu sais comment qu'c'est, cheunous, c'est juste les vieux profs qui donnent le 410, faique j'étais sûr de plus jamais l'avoir comme étudiante.

— OK, d'abord t'es pas un dépravé total, je t'avais maljugé.

— J'ai encore deux trois principes, el père, pis parmi ceux-là, ben, y a celui qui veut que la solution est queuque part au fond de la bouteille.

— Ouais, je réponds. Mais le problème avec ce principe-là, c'est qu'on sait jamais dans quelle bouteille il faut chercher.

Lidz titube jusqu'au frigo :

— Prends pas de chance, essaye-les toutes. J't'en rapporte une, au nom du père?

— T'es-tu fou? J'en ai une encore pleine.

— Pis toi, el Saint-Esprit?

Marco se frotte les yeux, l'air détruit.

— Oublie ça, el fils, j'm'en vais m'coucher bientôt, j'pense.

— T'as la gueule défaite, mon gars, fait Lidz en débouchant sa Beck's.

— Ouais, on a plus les dieux qu'on avait, répond Marco.

Il éteint sa cigarette, se lève de table et va s'écrouler sur le lit.

— Ben coudon, on va-tu prendre une marche, Elpé? Y a l'air de vouloir faire des gros dodos, c'pautit-homme-là.

— Non, j'suis crevé, moi aussi... j'vais finir celle-là, pis après, c'est bonne nuit.

— J'te dis qu'on n'a plus vingt ans, pis ça paraît, conclut notre homme d'excès en s'assoyant.

— Ah ouais, j'vous ai pas dit ça, mais tantôt, au resto-bar, j'ai demandé au serveur s'il avait vu passer dans les derniers jours un grand flanc-mou venu de Montréal, aux cheveux longs pis à la barbe châtaine. Il m'a dit que non.

— OK, on demandera au gars bizarre de la réception, demain. D'un coup qu'il serait dans la chambre d'à côté, suggère Lidz en éteignant l'ordinateur.

— C'est quand, la dernière fois que vous lui avez parlé, vouzautres?

Alcool aidant, je me sens plus à l'aise d'évoquer la raison de notre présence ici : Djibi loin de sa ville natale en deuil, Djibi perdu dans son brouillard, Djibi qui coupe le téléphone et ne prend plus ses courriels, Djibi qui n'est pas là quand on débarque chez lui sans prévenir pour le sortir de son marasme, Djibi qui ne croit plus à rien depuis que la vie s'est déchirée en deux devant ses yeux. Le même Djibi qui voulait des enfants, mais n'en aura sûrement jamais. Il y a de ces moments dont on ne se remet pas.

— C'était aux funérailles, répond Lidz. Pis encore là, «parler», c'est exagéré. On s'est regardés un peu, disons.

— Même chose pour moi, ajoute Marco, toujours sur le lit, son bras d'athlète replié devant les yeux. On s'est parlé un peu, mais pas beaucoup. Il avait l'air sous le choc. Toi, Elpé, tu lui as reparlé, après ça?

— Ouais, on est allés prendre une bière, une couple de jours après... Il m'a dit qu'il avait besoin de se vider le cœur, faiqu'on est allés chez Baptissse, sauf que, ben vite, il s'est mis à malfiler, les gens autour de nous le rendaient nerveux, donc on est sortis, pis on a fini ça cheunous, devant Canadien. Il est parti en milieu de deuxième, on avait déjà plus grand-chose à se dire. Il s'est pas vraiment vidé le cœur, finalement, il était pas capable de mettre en mots ce qui venait de lui arriver, il avait pas trop l'air d'y croire non plus... J'ai pas insisté pour qu'il vide son sac, j'ai respecté son silence, un peu comme j'ai respecté sa distance, dans les semaines qui ont suivi... J'aurais peut-être pas dû, j'sais plus.

— Bah, y avait besoin d'être tuseul, c'est normal, pis ça le regarde, objecte Lidz. On est ici, là, c'est ça qui compte. Il va s'en sortir, j'suis pas pantoute inquiet pour lui.

À l'écouter parler, on en oublie qu'il a lui-même tenté de s'enlever la vie à deux reprises au cours des trois dernières années. Mais il s'en est sorti, alors pourquoi tout le monde ne s'en sortirait pas? Ce sont parfois ceux qui ont le plus souffert et qui s'en sont remis qui sont les plus impitoyables face à ceux qui souffrent encore, soit qu'ils en veulent à ces derniers de leur rappeler leur passé trouble, soit qu'ils méprisent ce qu'ils perçoivent chez eux comme une faiblesse où ils ont l'impression d'avoir eux-mêmes fait preuve de force.

— Ouais, j'sais pas, moi, j'serai pas rassuré avant un bon boutte, j'pense...

Marco, d'un bond, sans avertir, se lève et sort dentifrice et brosse à dents de son sac :

— On va commencer par le retrouver, les gars. En attendant, ça donne rien de s'inquiéter plus que ça. Pis pour le retrouver, ben, faut commencer par aller se coucher, hein, mon lézard?

Il flanque une taloche à l'arrière de la tête de Lidz sur son chemin jusqu'aux toilettes.

— OK, j'vais aller réveiller la belle Lau Bois-Dormant, si c'est comme ça, répond Lidz en redépeignant sa tignasse crasse.

— Concubinez pas trop, là, postillonne God à travers la pâte à dents.

Lidz se lève, vide sa bouteille, la pose sur la table, prend son paquet de cigarettes :

— Ben voyons, j'te ferais jamais ça, Godette. Tu l'sais ben qu'on t'la laisse, Lolo, depuis le temps!

— C'est ça, enweille, va faire des gros dodos.

— Faites des beaux rêves en cuiller pour moi, les gars.

Il referme la porte derrière lui. Deux trois jours encore, et c'est certain qu'un de nous deux lui pète la gueule.

Coups sur la porte. Cibole. Quelle heure ? 10 h 17. Franchement trop tôt pour s'énerver de même. Marco, enveloppé dans les draps en position fœtale, dos à moi, ne bouge pas d'un poil. Ah, pis au diable, peu importe qui c'est, il – ou plus certainement elle – finira bien par se tanner. Quelques coups de plus, et ça prend fin. Prévisible comme Canadien qui perd en fusillade. On savoure pleinement le silence retrouvé quelques secondes, puis la sonnerie du iPhone de God résonne dans toute la chambre : *Roméo et Juliette* de Prokofiev – intense façon d'entamer la journée.

— Câlice..., marmonne l'armoire à glace allongée à ma gauche, tâtonnant maladroitement la surface de la table de chevet en quête de l'appareil.

Deux sonneries de plus et rêves de destruction.

— Réponds, God...

Il finit par trouver ce qu'il cherche. Enfin. C'est la belle Lau Bois-Plus-Si-Dormant-Que-Ça. Elle dit que le lézard dort toujours – rien de surprenant là-dedans – et qu'elle se cherche des amis pour déjeuner. On a jusqu'à 11 h ; après, c'est le menu du dîner. God se lève en boxers, titube jusqu'à la porte pour ouvrir. Lau déferle en même temps que la lumière du jour sur notre chambre sombre.

— Pis, les gars, je déjeune toute seule ou j'ai de la compagnie ? Va falloir oublier Lidz, il est éclaté.

Marco se tourne vers moi, le mohawk en bataille et des points d'interrogation pour pupilles. L'appel du bacon et des œufs tournés se fait parfois plus fort que celui des bras de Morphée. Je m'assois sur le lit, de la merde sèche plein les yeux :

— OK, donne-nous cinq minutes, on s'en vient.

— Super, je vous attends là-bas avec un bon latté... s'ils en font ici... mais j'suis pas sûre..., dit Lau en tournant les talons.

— Ouais, compte pas trop là-dessus..., grogne Marco, iPhone toujours en main, avant de refermer la porte derrière elle.

Restaurant plus rempli que je l'aurais cru, quelques semaines avant le début de la saison touristique et un mercredi à pareille heure. Une dizaine de tables occupées, surtout par des habitués – on les reconnaît tout de suite, ceux-là, même quand on n'est pas des leurs. Deux autres occupées par des jeunes, probablement des cégépiennes. Lau n'a pas eu son latté ; faut pas trop en demander à la vie. Elle est quand même d'excellente humeur ; elle a dormi plus longtemps que nous, s'est réveillée d'elle-même et a pris le temps de se doucher. Elle s'est même bu un tit-café percolé dans sa chambre avant de se décider à nous sortir des limbes. Facile d'avoir l'humeur légère, après. On ne peut en dire autant de God et de moi ; on n'est ni lavés ni réveillés, et Marco semble encore un peu chaud de sa brosse d'hier. Faut dire qu'ils ont bu pas mal, Lidz et lui. Ç'a l'air, d'ailleurs, que le cochambreur de Lau a ronflé un peu pendant la nuit ; elle a dû lui donner deux ou trois coups d'oreiller pour le réveiller ; autrement, ça s'est bien passé. Il n'a pas essayé de la concubiner. Sans doute trop soûl pour s'y risquer.

Réchaud de café. La serveuse, Thérèse, est ben d'adon. God et Lau, assis devant moi, côte à côte, bien entendu – jamais je n'oserais les séparer –, se taquinent à qui mieux mieux ; j'essaye de m'en foutre en lisant le *Journal de Labeaumegrad*. On a raté la grande manif du centième jour. Cent jours de boycott des cours par une minorité d'étudiants. C'est important de le répéter : CE N'EST QU'UNE MINORITÉ D'ÉTUDIANTS QUI A DÉCIDÉ DE BOYCOTTER LES COURS ET D'AVOIR RECOURS À L'INTIMIDATION. Sauf que ce ne sont pas les majorités qui changent le monde, Johnny ; la majorité, la plupart du temps, elle s'en contresacre, de ce qui ébranle les bases de l'inertie, pour autant qu'elle a du pain sur la table et du beurre sur son pain, pour autant qu'elle a l'impression, si hallucinée soit-elle, d'avoir trop à perdre pour prendre un risque aussi grand que d'aller marcher dans les rues avec sa jeunesse, génération d'enfants gâtés qui a le culot d'oser rêver encore.

— Pis, quoi de neuf dans la grand-ville ? me demande Lau, voyant que j'essaye de les ignorer. Toujours à feu et à sang ?

— Ils ont-tu encore brisé des vitres, les tits-vauriens ? demande Marco.

— Ouais, deux trois vitrines de banques vandalisées, pis des voitures de police, aussi. Les bases de la civilisation s'écroulent. Christian Dufour est dans tous ses états.

— J'te dis…, ironise Lau en hochant la tête. Ils étaient combien, c'te fois-là ?

— 150 000, selon QMI. C'est une infime minorité, au fond, quand on sait qu'on est près de huit millions au Québec. Le gouvernement a raison de maintenir le cap.

Quand bien même on aurait tout perdu, il nous resterait toujours le rire. Celui qui étouffe la colère.

— C'est vrai, qu'ils fassent leur part, ces jeunes-là. On peut pas tout avoir, dans' vie ! crache Lau, poing sur la table.

Des habitués tournent vers nous leurs regards intrigués.

— M'as t'dire c'est quoi leu' problème, moé, renchérit God en me pointant du doigt comme seul un homme, un vrai, aurait les couilles de le faire. Leu' problème, c'est qu'y s'sont jamais fait dire non d'leu' crisse de vie, ces hosties d'enfants-rois-là !

Thérèse apparaît derrière lui, assiettes en mains, sourcils froncés, sourire retenu sur les lèvres. On n'a pas trop le profil du colontribuable sorti de ses gonds pour mieux monter sur ses grands chevaux, faut croire. Surtout avec nos carrés rouges épinglés haut.

— Deux œufs miroir jambon pour madame, omelette western pour monsieur, et déjeuner Adams pour le deuxième monsieur. Donnez-moi deux p'tites secondes, je reviens avec le pain.

Elle s'éloigne.

— On sait ben, c'est toujours moi le deuxième monsieur !

C'était lancé innocemment, juste à la blague, mais Lau me fait des yeux qui veulent tout dire.

— Ben voyons, Elpé, t'es le seul monsieur qui vaille, répond God en tailladant son omelette à coups de fourchette.

— Arrête, je vais rougir.

Les toasts apparaissent devant nous. Lau parle de théâtre, du dernier *Roi Lear* mis en scène par Denis Marleau – qui ne l'a pas renversée – et des auditions aliénantes qu'elle est obligée de passer pour seulement jouer dans des annonces. Faut bien gagner sa vie, comme dirait Lautre. Après son rôle mineur d'adolescente dans *Ramdam*, elle a du mal à se trouver des rôles sérieux; elle regrette un peu, depuis, elle craint qu'on l'étiquette «ado à vie» à cause de ses allures de femmenfant. Ses courbes portatives et son minois d'ange sont des bâtons dans ses roues quand elle passe à la SAQ. Elle a beau dire aux commis qu'elle est serveuse dans un bar au coin de la rue, ceux-ci la croient rarement du premier coup. Y en a même un qui est venu vérifier, un samedi soir, où elle travaillait, pour faire son tit-comique et/ou son séducteur; il s'est fait carter à son tour, a bu sa pinte en dix minutes et est parti sans demander son reste.

Marco, de plus en plus caféiné, avoue qu'il commence à en avoir plein le cassse de rester chez lui toute la journée, assis sur son steak, à ne rien faire d'autre que lire, préparer son cours 103 pour la session d'automne – si, bel et bien, session d'automne il y a – et regarder les séliminatoires à RDS. Il en a marre, aussi, de passer tous les jours entre quatre murs avec sa blonde, qui, par son métier de traductrice, a l'habitude de travailler à la maison, mais n'a pas celle de l'avoir dans les jambes à longueur de journée. Lau lui concède que la vie à deux n'est pas toujours facile, ils se plaignent de leurs tits-malheurs banals quelques minutes encore, puis je leur rappelle qu'ils sont chanceux d'avoir au moins un couple duquel se plaindre. L'enfer – n'en déplaise à l'adage –, c'est pas toujours les autres.

Thérèse ramasse nos assiettes vides et nous offre un quatrième réchaud.

— C'est le genre de choses qui se refuse pas, je lui réponds.

— Ah ben, je vous poserai plus la question, d'abord, conclut-elle avec un grand sourire.

— C'est des plans pour nous revoir souvent, ça, j'sais pas si vous le savez! lui fait remarquer God.

— Ça nous ferait grand plaisir. Vous êtes ici pour combien de temps?

— Une semaine, répond Lau. On vient de Montréal.

— Oh, c'est bien, ça... Vous venez vous reposer un peu? Il s'en passe, des choses, hein, par cheuvous? On voit ça de loin, ici, mais quand même, y en a qui exagèrent, franchement...

— Ouais... ben, nous deux, dis-je en désignant God, on est des profs de cégep, pis on appuie nos jeunes à cent pour cent.

— On a assez dit qu'ils étaient centrés sur eux-mêmes pis pas politisés dans les dernières années, c'est beau de les voir se lever, je trouve, appuie Lau en versant du lait dans son café.

— Oui, acquiesce Thérèse, au moins, ils se laissent pas impressionner... Moi, je trouve ça assez effrayant, la façon dont Charest les traite, il me fait venir bleue... j'aime mieux pas en parler !

— Ha ! ha ! On est avec vous, madame, faites-vous-en pas.

— Justement, y a ma p'tite nièce, là, qui est assise avec ses amies, – elle désigne de sa carafe une table près de la fenêtre du fond, occupée par trois tites-filles pas déplaisantes à l'œil –, elle est au cégep, pis ils ont été en grève eux aussi, y a même eu une manifestation sur la rue de la Reine, un après-midi de temps, mais ils ont fini par rentrer en classe, par exemple, c'est pas comme à Montréal, ici. Hein, Karolanne ? Vous avez été en grève combien de temps, déjà ?

Je me retourne. Attachante matante.

— Sept semaines ! répond l'une des tites-filles, l'air amusé, du fond du restaurant.

Lunettes de hipsteuse et longs cheveux blonds ; je l'avais remarquée tout de suite en entrant.

— C'est des professeurs qui viennent de Montréal ! lance Thérèse en nous pointant de sa carafe.

On envoie la main au joli trio avec un sourire entendu ; Karolanne et ses amies nous renvoient la pareille. Un coup parti, on lève aussi nos tasses aux habitués, dont matante Thérèse vient d'attirer l'attention.

— Bon séjour à vous, les profs ! lance un mononc' ventru levant son Coke, visiblement coincé pour toujours entre la table et la banquette – mais c'est pas grave, y a sa bonne femme pour lui tenir compagnie, d'ailleurs, elle trinque aussi en notre honneur.

— Merci, vous êtes pas mal fins, répond Laurence en balayant les regards fixés sur nous de ses yeux pétillants.

Pas gênée pour deux cennes, l'actrice, même hors de scène.

— Bon, c'est correct, là, continuez à manger, vous allez gêner la visite, pis ils reviendront plus! finit par lancer Thérèse, et les paires d'yeux se penchent de nouveau sur les assiettes.

— Inquiétez-vous pas, on va revenir pareil. Mais en attendant, on va quand même vous prendre les additions, si ça vous dérange pas.

— Pas de problème, me répond-elle. Je vous en fais combien? Deux? Trois?

En disant «deux», elle désigne God et Lau de la tête. Moi, ça me fait rire jaune :

— Vous aussi, vous trouvez qu'ils ont l'air d'un p'tit couple, hein? J'arrête pas de leur dire, mais ils me croient pas.

— Louis, gronde Lau d'un ton de reproche.

Si les regards pouvaient tuer, je ferais partie des restes de table.

— Trois factures, s'il vous plaît, rectifie Marco, moins offensé, car moins conscient de la lourdeur de mes clins d'œil. Et puis, on aurait aussi besoin de vous poser une question...

— Je t'écoute, cher.

— Avez-vous vu passer un grand bonhomme barbu blond-châtain dans les derniers jours ? C'est un ami qui vient de Montréal, un prof, comme nous, pis on est venus ici un peu beaucoup parce qu'on le cherche… ça vous dirait pas quelque chose ?

Thérèse fronce les sourcils :

— Hum, non, ça me dit rien, vraiment, et puis c'est pas encore la saison touristique, alors s'il était passé par ici, je l'aurais remarqué, c'est sûr…

— Bon, c'est pas grave, conclut Marco. Merci quand même, madame.

— Mais je peux demander à mon p'tit monde, si vous voulez. Repassez ici de temps en temps, vous êtes même pas obligés de manger, je vous dirai si j'ai des nouvelles.

— Ça serait vraiment gentil de votre part, madame Thérèse, la remercie Lau.

— C'est un plaisir, voyons. C'est quoi son p'tit nom, à votre ami ?

— Jean-Benoit, répond Marco. Mais tout le monde l'appelle Djibi.

La gentille matante prend quelques notes sur son calepin.

— Parfait. Alors, venez me voir quand vous voudrez, j'suis ici tous les jours de la semaine, jusqu'à 16 h. Je vais lancer ma p'tite enquête pour vous.

Troublant dévouement face à des étrangers. On est loin de Montréal la douloureuse.

— C'est trop gentil de votre part, madame, pis c'est vraiment très apprécié. On revient vous voir demain matin, promis.

— Salut, matante! fait Karolanne en passant près de nous, suivie par ses amies. On a laissé l'argent sur la table.

— Bonne journée, les filles, soyez sages, là! répond Thérèse.

— On est toujours sages, nouzautres, répond l'une d'elles, jolie, brune et plus abondante que les deux autres.

— Au revoir, nous lance poliment la belle blonde à lunettes avec un salut de la main – que je lui renvoie – ainsi qu'un regard prolongé.

Les trois nymphettes s'envolent par la sortie qui mène au stationnement. Jeunesse tentante. Vortex où le voyageur se croit soudainement tout permis. Téléphone de Lau qui sonne. Lidz vient de se réveiller. Il n'a pas faim, mais fume sûrement déjà.

— *Écoutez, d'abord, nous lancerons le trouble, se hâtait terriblement Verkhovenski qui ne cessait de tirer la manche gauche de Stavroguine. Je vous l'ai dit : nous entrerons au sein même du peuple. Vous savez que, déjà maintenant, nous avons une force terrible? Les nôtres, ce ne sont pas seulement ceux qui égorgent et ceux qui brûlent, et ceux qui font des tirs classiques, ou ceux qui mordent. Ceux-là, ils ne font que gêner. Moi, je ne comprends rien sans discipline. Je suis un escroc, vous comprenez, pas un socialiste, ha-ha! Écoutez, je les ai comptés : le professeur qui se moque de leur Dieu et de leur berceau avec les enfants, il est déjà à nous. L'avocat qui défend un assassin instruit en disant qu'il est plus cultivé que ses victimes, et que, pour avoir de l'argent, il ne pouvait pas ne pas tuer, il est à nous. Les écoliers qui tuent un paysan pour ressentir une sensation, ils sont à nous. Les jurés qui acquittent toujours les criminels, ils sont à nous. Le procureur qui tremble au tribunal de ne pas être assez libéral, il est à nous, à nous. Les administrateurs, les hommes de lettres, oh, il y en a plein à nous, une quantité terrible, et ils ne le savent pas eux-mêmes!*

Surligneur jaune qui danse, qui a dansé et qui dansera douloureusement sur toutes les pages – toutes les cinq mille ! –, projet de mémoire oblige. Dostoïevski, mon mal qui me démange et qui s'étire. En finir, pondre un dernier chapitre, une vingtaine de pages, – pas plus! une bonne semaine, et c'est réglé –, repartir à neuf, faire le tri dans ma tête – le vide, s'il le faut ! –, ne plus rêver la nuit que je retrouve Karine, ne plus songer à lui écrire, la supprimer enfin de mes amis Facebook – avoir le courage de le faire. Marco me trouve débile de travailler sur cinq mille pages de texte d'un écrivain russe que tout le monde redoute – tous les gens sains d'esprit, en tout cas. Il croit que je vais finir par y laisser ma peau. Jusqu'au mois de mars, je m'en sortais plutôt bien, mais en perdant Karine, c'est tout mon équilibre que j'ai perdu. Ses apparitions spontanées dans le bureau pendant que j'écrivais me tiraient chaque fois des profondeurs avant qu'elles ne m'avalent; j'avais besoin de sa bouée pour me lancer sans crainte dans ces eaux troubles où je patauge maintenant sans autre horizon que l'abysse.

— C'est quoi ton sujet de mémoire, déjà? me demande Lau, levant les yeux de son guide touristique.

— La thématique du moment décisif, je réponds.

— Oh! intéressant, fait-elle. Fucké, aussi. Tu me montreras ça.

— C'est des plans pour virer fou, lance Marco, tout à sa *Grande Tribu*.

— Si jamais je le termine un jour, c'te maudit mémoire-là.

Terrasse du Café des Artistes. Rue de la Reine. Harper serait à moitié fier de nous. Lueur d'espoir : la serveuse, gentille trentenaire tatouée, vient de nous apprendre que oui, ça lui dit quelque chose, une grand-affaire barbue venue de la ville, mais qu'elle ne l'a pas vu depuis plusieurs jours, le Djibi présumé. Apparemment, il aurait beaucoup traîné dans son café la semaine dernière, sans adresser la parole à qui que ce soit, l'air sombre et occupé à griffonner dans un carnet. Tout ce qu'il lui a dit, c'est qu'il venait de Montréal. Aucune idée, donc, s'il se terre toujours à Gaspé ou si on l'a manqué. Plan de match pour la journée : on passe l'après-midi sur la terrasse – sous un soleil pareil, y a pire façon de mener une filature – en restant sur nos gardes, au cas où il passerait par ici, puis on se déplace jusqu'à la terrasse du Brise-Bise, où on casse la croûte avec un tit-verre – qui s'étirera sans doute jusqu'aux tites-heures. À part Lidz, qui est toujours à part et qui vient de commander un porter Pit Caribou pour accompagner sa pizza-pita à la saucisse forte, personne n'a soif pour le moment, mais ce n'est pas le genre de chose qui tarde avec nouzautres.

Gueule de bois typique pour Lidz. Humeur dégueulasse; on le devine à son silence. Caché derrière ses verres fumés, la face égarouillée, il laisse la brise refroidir son déjeuner d'après-midi, prend une bouchée de temps à autre, visiblement à contrecœur, entre deux gorgées de bière, et parcourt sur son iPhone les plus récents articles de *L'Abominateur*, blogue littéraire collectif auquel il apporte chaque semaine sa contribution hargneuse. De temps en temps, il pousse un sacre qui nous fait sursauter : «Hostie! La crisse de chienne! Je l'savais!» Outre le sursaut, on ne réagit plus tellement à ses enfantillages de faux poète maudit. On reconnaît tous à Lidz un talent artistique – du moins, quand il se met à écrire sérieusement. Son premier roman, publié quelques mois seulement avant sa descente aux enfers, avait connu un certain succès auprès de la critique, qui l'avait jugé fort prometteur. Malheureusement, depuis, Lidz consacre la majeure partie de ses efforts littéraires à la polémique et au bitchage cybernétique. Il se brouille souvent – parfois même volontairement, par simple penchant pour le scandale – avec des gens du milieu littéraire émergent-trash-underground (oh, et puis, appelez don ça comme vous voudrez!). Il entretient ses ennemis à coups de missives publiques injurieuses, reçoit d'eux des courriels pleins d'amertume, de reproches et d'insultes, et les publie par la suite sur sa page pour attirer l'attention et dénoncer ces faux-culs qui se prennent pour des artistes alors que leurs écrits ne valent rien. Il a l'habitude de débattre longuement avec des étrangers, des connaissances et même des amis qui commentent les montées de lait auxquelles il laisse libre cours sur son blogue, sur Facebook ou sur Twitter, rivalise d'attaques personnelles avec eux, développe un cancer à force de nuits blanches passées à ruminer l'hostilité qu'il sent autour de lui, finit par bloquer toutes ces personnes, promet de ne plus jamais faire de polémique, puis, dans un élan imprévu de colère éthylique, cherche à régler ses comptes par un article décisif le surlendemain. Envers et contre tous, il persiste à se rendre aux lancements dont il entend parler – entre les branches, toujours, puisque plus personne ne l'invite –, sachant très bien que la moitié de ceux qu'il y trouvera ne veulent plus rien savoir de même daigner poser les yeux sur lui. Il revient chaque fois de ces événements avec au fond du cœur une nouvelle source de rancune à entretenir. On se dit tous qu'en fait, c'est sûrement ce qu'il cherche, la rage comme énergie motrice, l'impression d'exister par et pour l'excès seule-ment. En effet, y a-t-il chose plus puissante que la colère de l'humilié? Je vais souvent voir son blogue, probablement surtout par une espèce de curiosité morbide, semblable à celle du badaud ne pouvant se résoudre à quitter les lieux d'un accident ; je suis toujours curieux de voir l'effet produit par Lidz hors de notre cercle d'amis, où ses errements, s'ils surprennent encore parfois, ne relèvent plus de l'inattendu.

Lau lève les yeux de son guide de voyage, surtout par politesse :

— Ça va, Lidz?

— Ouais, non, c'est rien, c'est encore la fausse poétesse, qui m'envoie des tits-messages subtils par la bande... elle a besoin d'attention, c'est clair.

— Donnes-y-en, d'abord, fait Marco en surlignant un passage. En attendant, écoute ça : *Je pourrais ne pas me laisser faire, mais je n'ai guère de volonté, je ne suis pas fort sur la résistance, je ne sais pas revendiquer même pour moi-même, je ne suis pas quelqu'un qui ose quand ça risque d'être compromettant et même quand ça ne risque rien du tout. Si j'avais de la laine, j'aimerais qu'on me la mange jusqu'au bord du trou que j'ai dans le crâne. Si j'avais un char, je ne partirais même pas pour Kebek. Je resterais assis dedans à faire tourner le moteur sans desserrer le frein à main. Je suis si peureux, si lâche, un vrai paquet de si !*

— Hostie toastée des deux bords que c'est beau ! s'exclame Laurence, sourire en coin.

— C'est pas pire, approuve Lidz, la tête tout à Marianne, qui l'aime tellement qu'elle le déteste.

Il est comme ça, Lidz : il croit que toutes les femmes le veulent. Quand elles l'ignorent, c'est qu'elles se laissent désirer, donc elles le veulent ; quand elles se montrent hostiles, c'est qu'elles sont troublées par son charme, donc elles le veulent ; quand elles lui font des belles façons, bien entendu, c'est qu'elles le veulent. En somme, elles le veulent toutes, qu'elles le veuillent ou non, et quand l'une d'elles n'agit pas comme prévu, c'est qu'elle n'était pas prête – ou que c'était une crisse de folle. Sa Rianne, il nous en a souvent parlé. C'est une amie d'une connaissance commune à Lidz et à moi, qui écrit sur *L'Abominateur* et qui fréquente le même «milieu» ni émergeant, ni émergé, ni nécessairement voué à l'émergence. Dès qu'elle s'est mise à travailler au blogue, elle lui a tapé dans l'œil, la Rianne, alors il a essayé de lui rentrer dans la tête, pour commencer, en guise de préliminaires, à sa manière habituelle – c'est-à-dire très doucement –, mais ça n'a rien donné : elle se montrait hostile – preuve qu'elle le voulait. À un lancement, donc, il est parti sur la brosse et l'a ignorée toute la soirée

– question d'attiser son désir, comme il m'a expliqué plus tard –, pour finalement s'essayer avec l'une de ses meilleures amies, qui l'a évidemment repoussé, chaud et déplacé qu'il était. Cette partie de la soirée, Lidz ne s'en souvenait plus ou préférait peut-être l'oublier ; c'est une connaissance qui m'en a fait le récit, et quand je la lui ai rappelée, il l'a balayée du revers de la main comme si ça n'avait aucune importance. Depuis, apparemment, Marianne l'ignore, allez savoir pourquoi. Elle a refusé plusieurs fois et pour des motifs plutôt vagues chacune de ses invitations à aller prendre une bière, et Lidz a fini par décider, probablement en boisson à ce moment-là – c'est l'état dans lequel il prend ses meilleures décisions –, de régler ses comptes avec elle en publiant sur le blogue un texte dénonçant les jeunes femmes qui se prétendent libres et modernes, mais sont en vérité plus manipulatrices que leurs prédécesseuses. J'ai lu son texte et, bien qu'il n'y mentionne jamais le nom de Marianne, c'est toute sa non-histoire avec elle qui s'y laisse lire en filigrane. Évidemment, après coup, le dérapage s'est poursuivi ; elle lui a répondu par un article au sous-texte rivalisant de lourdeur avec le sien, il l'a commenté fielleusement le soir même, d'autres auteurs du blogue s'en sont mêlés, les reproches sont devenus personnels et venimeux, de vieux conflits datant du bac ont resurgi, des listes de contacts Facebook ont été raccourcies et, pour finir, la Rianne a annoncé officiellement qu'elle ne voulait plus prendre part à aucun rassemblement où elle risquait de tomber sur Lidz, faisant du même coup appel à la collaboration de ce dernier pour qu'il la tienne au courant de ses intentions de participer – ou non – aux dits rassemblements à venir. Évidemment, il lui a répondu d'aller chier le diable et s'est fait un plaisir sadique de se présenter au plus grand nombre de soirées mondaines possible organisées par le «milieu» sans avertir personne. Ça ne l'a pas aidé à se faire aimer davantage, et bien des gens se sont mis à le détester ouvertement ensuite, prenant du coup le parti de Marianne dans leur querelle alors qu'ils étaient restés neutres jusque-là. Pendant des semaines, donc, Lidz nous a battu et rebattu les oreilles avec ses histoires de chicanes entre littéraires, et ça s'était beaucoup calmé, récemment, jusqu'à ce que la Rianne, aujourd'hui, ait l'excellente idée d'en rajouter une couche.

— Hostie de Rianne à' marde, j'vais y montrer, moi...

Lidz, dents serrées, commence déjà à pitonner un commentaire incendiaire sur son iPhone, mais Lau le lui arrache des mains :

— Ça serait vraiment le temps que tu décroches, tu penses pas ? T'es-tu vraiment venu ici pour traîner avec toi ces niaiseries-là ? Enweille, finis ton assiette, pis si t'es sage, je te le redonne tantôt. Y est rendu deux heures, pis t'as même pas mangé encore...

Les yeux de Lidz lancent deux trois éclairs, puis s'adoucissent. Laurence a le tour avec lui et elle le sait très bien. Venant de God ou de moi, c'est le genre de chose qui aurait pu dégénérer.

— Eille, j'te dis, une chance que j't'ai, ma Lolo ! lance-t-il en passant le bras autour de ses épaules sans même chercher à reprendre le iPhone, qu'elle enfonce loin dans sa sacoche. Un jour, j'aurai pas le choix de te marier !

— Nan, moi, je me réserve pour Elpé.

Cruelle-Lau, tu resurgis toujours sans avertir.

Terrasse du Brise-Bise. Devanture jaune agressante que quelques belles présences autour de nous font oublier ; une trentenaire en talons hauts et tailleur gris, ça m'a toujours fait beaucoup de mal. Club sandwich au homard pour moi, parce que la vie est courte. Lau, pour sa part, s'est dit qu'une poutine aux crevettes nappée de sauce blanche – pour l'amour du saint ciel (si pareille chose existe) –, ça serait une bonne idée. Des plans pour être malade. Lidz, bien sûr, il lui a demandé qui l'avait mise enceinte. Elle a répondu : ton père. Habituellement, parler du père de Lidz, c'est pas une bonne idée – il a sacré le camp juste avant sa naissance, comme tant d'autres avant et après lui (maudits soient les hommes pour toujours) –, mais cette fois, ça lui a cloué le bec pour un moment. Faut croire qu'il n'a pas encore ingéré la dose d'alcool quotidienne nécessaire au plein déploiement de ses cordes vocales. Les deux pichets de Blonde de l'Anse posés devant nous devraient aider à les lui décoincer. En attendant, comme il a été sage tout l'après-midi, Lau lui a rendu son iPhone en lui faisant promettre de ne plus avoir de iFun avec avant demain. On sent que ça le travaille, par contre ; il va sans doute écrire des bêtises à sa douloureuse Rianne dès qu'on l'abandonnera quelques minutes sans surveillance ; d'ailleurs, son passage prolongé à la salle de bain, tout à l'heure, était pas mal louche.

La timide serveuse – qui s'appelle Stéphanie – est étudiante au cégep de Gaspé – c'est Lidz qui a pris soin de s'en informer. Cheveux châtains, tout en rondeurs, comme je les aime – abondance des formes qui me rappelle un peu Karine. Marco l'a interrogée sur Djibi, mais ça ne lui dit rien. God, par contre, il semble lui dire de quoi ; de quoi de très intime, en fait, et visiblement, ça chicote Lau.

— Ouais, ben, je pense qu'y a une tite-fille ici qui t'haït pas, fait-elle remarquer après que Stéphanie nous a quittés dans le soubresaut d'un rire nerveux en réaction à une blague lancée par God qui n'était vraiment pas si drôle.

— Toi, tu veux dire? lance Lidz.

Et Lau d'imiter le rire de Stéphanie, prenant des airs de cruche émoustillée.

Godette, que ses charmes ont fini par blaser, demeure indifférent :

— Ben voyons don, Lolo.

— Arrête, elle est toute mouillée rien qu'à te servir ton assiette, reprend Laurence.

— Tant mieux pour elle. Faut pas négliger l'importance des sensations fortes, dans la vie, conclut Marco avant de prendre une dernière bouchée dégoulinante de hamburger.

— Là, tu parles, mon Godron! approuve Lidz.

Il repousse son assiette de nachos à peine entamée, vide sa bière d'un trait, croise les jambes et s'allume une cigarette. Alors qu'il se cale dans sa chaise, l'arrière de sa tignasse effleure celle d'une fonctionnaire approchant la cinquantaine, trop brunzée pour la saison, assise à prendre un verre avec trois hommes cravatés. Elle se retourne au contact des chevelures dans l'attente d'un mot d'excuse qui ne vient pas.

— Excuse-moi, finit-elle par dire sèchement, attirant vers nous les regards hostiles de ses collègues.

Lidz, toujours effoiré dans sa chaise, lève les yeux en diagonale, juste assez pour accorder une place à la madame dans son champ de vision, et lui répond, l'air de s'en contrecâlicer :

— Pas de trouble, madame.

L'étrangère au visage brun cancer pousse un soupir d'indignation affecté, signifiant à tous qu'elle ne se peut plus de ne pas y croire, et tire sa chaise de quelques pouces vers sa table. On est parfois forcés de se battre à cause de Lidz. Il est aussi arrivé qu'on le laisse s'arranger tuseul, quitte à le voir manger sa volée, seulement pour qu'il apprenne – et il n'a pas encore appris. Rien du genre ne se profile toutefois pour le moment. Les trois hommes en complet n'ont pas l'air de vouloir faire les coqs pour une niaiserie pareille, et c'est tant mieux. Faut dire que la présence de God a un effet dissuasif ; avec les bras qu'il a et ses airs de douchebag, il fait plus pompier que prof de français. Quoi qu'il en soit, Lidz s'en fout ; il bave autant tuseul qu'en gang, il est comme ça, il prend plaisir à se battre, même quand il perd – et il perd la plupart du temps. Il a besoin de cette communion des corps qui se perd au fil des progrès de la civilisation ; elle le remet en contact avec son humanité profonde, qu'il dit. Lidz a une théorie pour appuyer chacun de ses vices ; ça lui permet d'en avoir plus.

— Fais pas trop semblant de travailler, Steph ! lance une voix de tite-fille sur le trottoir juste à ma droite.

La serveuse, occupée à servir des pintes à deux fonctionnaires, dont l'une doit faire partie de l'espèce des couguars, lève la tête avec un sourire, fait mine d'ignorer la remarque en ramassant les deux verres vides, puis, une fois son service terminé, se faufile derrière moi, entre les chaises, pour s'adresser à celle qui l'a interpellée. Je ne me retourne pas, mais les yeux de Lidz, devant moi, qui se promènent de gauche à droite et de bas en haut – il appelle ça «scanner» – me laissent penser que je rate quelque chose de beau. Lau lève les yeux au ciel, exaspérée.

— Ça vaaa? demande la même voix sans visage.

— Ouain, pas pire, j'travaille. Vouzautres?

— Ça va, on s'en va manger chez Van pis Karolanne, pis après ça, y a Steve, Marc-André pis d'autres gars qui vont nous rejoindre à L'Ardoise pour une couple de games de pool, répond une autre voix.

Des Karolanne, y en a pas vingt-six à Gaspé, ça, c'est sûr. Lidz sourit, me fait un clin d'œil et se tapote la tempe avec l'index en voulant dire qu'y en a là-dedans.

— Tu viens-tu nous rejoindre après ton shift? fait une troisième voix. Le beau Steve va être là, tsé…

— Ouain, j'sais pas, j'suis vraiment poche au bowling, répond Stéphanie.

Ça s'esclaffe dans mon dos.

— C'est du pool, Steph! lance une voix surgie des éclats de rire. DU POO-LE.

— C'est sûr que si t'essayes de jouer au bowling là-bas, Steve sera pas trop impressionné, lance une autre.

— Ouain, j'imagine.

— Pis c'est pas grave, si tu sais pas jouer, ça va te faire une belle excuse pour le coller. Tu lui demanderas comment on fait, pis là, il va s'approcher de toi, pis y va te prendre par en arrière, lentement...

Lidz écarquille les yeux, Lau pouffe tout bas, Marco me sourit avec quelques rapides haussements de sourcils, et Stéphanie se rappelle qu'on est là :

— Bon, OK, c'est correct, allez-vous-en, là, je finis mon shift à 11 h, pis je vais vous rejoindre !

Les trois tites-filles nous dépassent en se payant la gueule de leur amie, qui retourne à l'intérieur du restaurant après les avoir remerciées d'une grimace, langue sortie. Deux d'entre elles étaient au restaurant Adams en matinée. Karolanne nous reconnaît :

— Salut, les profs ! lance-t-elle en s'éloignant.

Il n'en faut pas plus à Lidz pour se jeter sur elle, même si c'est Marco qu'elle zieutait.

— Wow, comment tu sais qu'on est profs, toi ? Tu lis-tu dans nos âmes ?

La jolie blonde part à rire. Ses deux amies, la brunette plutôt ronde et une rousse à casquette des Yankees verte – pourquoi verte ? elle est ben mieux d'être irlandaise –, échangent un regard perplexe.

— Non-non, répond Karolanne de toutes ses dents. En fait, vous, j'sais pas, mais j'sais que vos trois amis sont profs, on s'est croisés ce matin au resto de ma tante.

— Ah, OK, faique tu lis pas dans nos âmes... Ben coudon, tu manques quelque chose, ça t'aurait fait des beaux sujets de lecture.

La jeune fille rit :

— Ouais, j'imagine, quatre profs...

— On se demande toujours ce qu'y a dans la tête des profs, ajoute la regorgeante brunette.

— J'suis pas prof, désolée, précise Lau, si bas que notre bon lézard l'enterre.

— Bah, c'est mieux comme ça... tu pourrais jamais retourner en classe, après !

— OK... il s'en passe, des affaires, dans votre tête, répond la brunette, qui n'en est sûrement pas à un flirt près.

— T'as même pas idée, fait Lidz.

Karolanne semble gênée :

— Bon, il faut qu'on y aille, nouzautres.

— Bonne soirée ! lance l'Irlandaise présumée.

Et elles s'éloignent en coquetant.

— L'Ardoise, les gars, vous avez noté ça ? s'exclame Lidz en frappant sur la table une fois les trois créatures envolées. Je lui ferais ben l'alterexamen des seins, à la brunette.

— Ouach, franchement, c'est des enfants..., s'indigne Lau.

— C'est pas une mauvaise idée, je réponds, non sans un malin plaisir. On est dus pour un tit-billard depuis un méchant boutte.

— Ouais, c'est vrai, approuve Marco. J'suis partant.

Les billes de Lau roulent de découragement :

— Come on, les gars, vous êtes sérieux ?

Plus sérieux que ça, tumeur.

21 h 30. L'Ardoise. À dix minutes de marche du motel Adams. Excellent. Tout le monde va pouvoir s'éclater la gueule. Salle de billard aussi calme que la ville. À Montréal, on trouverait que c'est un trou, et puis on s'en irait. À Gaspé, on est seulement contents de pouvoir jouer au billard avec un écran pas loin derrière qui diffuse les séliminatoires. Une dizaine de tables, et presque autant de clients. Un gars qui a l'air d'un camionneur, assis au bar avec sa grosse bière, jase avec Manon, serveuse aux dents croches mais au sourire franc, entre deux âges, ni jeune ni vieille, ni attirante ni repoussante, ni en santé ni trop malade, qui cherche à s'habiller sexy mais qui ferait mieux d'arrêter, et qui inspire tout de suite la sympathie. Le genre de fille dont on peut dire tout de suite qu'elle a mangé beaucoup de misère et qu'elle n'en est pas complètement sortie. Il y en a, comme ça, qui auraient mieux fait de naître ailleurs ou de ne simplement jamais surgir dans l'existence, mais qui continuent de s'accrocher ; race de monde souvent plus courageuse, par tête, que dix doctorants réunis. Au fond, près des toilettes, un vieux bonhomme barbu grisonne tuseul dans son coin, écrasé devant sa machine de vidéopoker. On a pris une table au beau milieu de la salle pour être dans le feu de l'action et pour avoir vue sur l'écran géant. C'est l'égalité 3 - 3 dans le match Rangers-Devils. Lidz et Lau s'en contresacrent, mais God et moi, le sport nous happe, même si notre pool de hockey va très très mal ; en fait, les séliminatoires,

depuis le début, sont un si gros fiasco – surtout dans l'Ouest, quel ouest bizarre, vraiment, rien à comprendre à ça – que chaque pooleur a des bonnes chances de sortir gagnant de l'hécatombe – un vainqueur amoché, ça se remplit les poches quand même.

Pas l'ombre d'une tite-fille en vue. Eh oui, j'avoue qu'on les attend de pied ferme, et surtout Lidz, qui reprend de l'aplomb au fur et à mesure que la soirée progresse. Il atteint d'habitude son pic après minuit. En attendant, on vide les pichets en s'affrontant deux contre deux : Lidz et moi contre God et Lau – pas de surprise là. On se débrouille tous pas trop mal, excepté God, qui mérite son surnom ; Lau s'extasie devant ses prouesses. Il nous éclate parfois sans qu'on ait le temps de jouer un coup, mais ça ne s'est pas encore produit ce soir ; il nous laisse certainement des chances, c'est pas normal. Lidz et moi, on regarde ça, on se dit qu'il l'a, l'affaire, notre Marco, on se dit qu'il nous fait chier, aussi – mais pas trop, quand même, c'est notre grand chum –, et puis on prend une autre gorgée en espérant l'apparition des toutites-filles. Lidz, généralement, plus il est chaud, meilleur il est – au billard, en tout cas –, alors on a peut-être des chances d'en voler une plus tard, mais pour l'instant, on en arrache. C'est peut-être la conclusion qui l'amène à nous commander sans prévenir, en revenant de sa cigarette en solitaire, huit shooters de téquila, que Manon se fait un plaisir de nous servir. Elle s'en est servi un aussi, ce qui incite notre alcoolo d'ami à trinquer à sa santé. J'ai un peu l'impression qu'il se fout de sa gueule.

— À Manon, une femme électrisante comme il s'en fait plus ! lance-t-il en levant son shooter.

— Ha ! Haa ! Ben, merci, fait la serveuse, qui a sans doute la même impression que moi, parce qu'elle en a vu d'autres, des tits-comiques. À votre santé !

Ça lèche, ça cale, ça croque et ça grimace.

— Parle-moi de t'ça, fait Marco avant de s'essuyer le poignet sur la jambe de pantalon et d'empocher trois boules presque impossibles.

On ne s'habitue pas à ses prouesses. Lidz lèche, cale, croque et crache un noyau de citron sur le comptoir, puis constate l'ampleur des dégâts : la table est pleine de nos grosses boules. Plus que la noire à expédier pour God, et on s'incline encore. Ça fera déjà trois fois ce soir.

— Good god almighty, s'écrie Lidz avant de s'envoyer dans la gorge une lampée de Gaspésienne.

— Elle est pas pire, la noire, hein ? je lui fais remarquer.

— Ouais, disons qu'elle se laisse boire.

Parlant de noire, Marco vient d'empocher la sienne cross-side. Claque dans la main de sa coéquipière-spectatrice en pamoison. On lui serre la pince aussi, parce qu'on doit bien un peu de respect à l'excellence, pendant que derrière nous surgissent de gigotantes jeunesses en culottes courtes qui s'agitent jusqu'au bar, où le présumé camionneur leur rend hommage en se tournant de leur côté, bedaine première entre ses grosses cuisses et sourire jaunâtre entre les poils de son pinch dru. Ce sont les trois tites-filles tant attendues, celles de tantôt, rue de la Reine : la même brunette bien enveloppée, la même fausse Yankee rousse et Karolanne à la toison d'Iseut.

— Ah ben, la soirée vient de commencer! lance l'ami reptilien, dont Jean Perron dirait qu'il est omnibullé.

— Oh, boy, elle va être longue, tu veux dire? déplore Lau, déposant sa baguette sur la table. Oublie pas d'essuyer ta bave avant d'aller les voir.

— Fais-toi-z'en pas, Lolo, je la garde pour plus tard.

Cordages néo-yorkais secoués. 4 à 3 Nouveau Jersey. Maudits Devils, qui ont hanté toute mon adolescence avec leurs matchs de deux buts dont un dans un filet désert et leur surreprésentation lors des finales de la Coupe Stanley. Je ne peux plus les voir, qu'Ilyait Kovalchuk ou non, et même s'ils ne sont plus ce qu'ils étaient; j'associerai pour toujours leur logo au hockey plate de l'ère de la puck morte.

Marco, qui est d'accord avec moi là-dessus – et dont le succès du pool, surtout, repose presque entièrement sur les épaulettes des Néo-Yorkais –, balance les bras de dépit :

— Ouaaach!

— Ils sont dégueulasses!

Le camionneur au bar applaudit tuseul, probablement par chauvinisme en soutien aux deux tits-gars de cheu-nous impliqués dans la série, qui sont avec Nouveau Jersey. Les tites-filles tournent un moment leurs yeux vers nous avant de les détourner bien vite, font mine de ne pas nous voir, échangent quelques mots avec la serveuse, et un groupe de trois tits-gars aux chandails multicolores les rejoint au bar, encerclant le camionneur, auquel l'un d'eux adresse la parole en désignant l'écran géant derrière Manon. Le tit-gars encasquetté, qui était trop jeune à l'époque de la rondelle morte pour se rappeler à quel point le hockey peut ressembler au soccer, a l'air assez content pour Martin Brodeur. Il serre la main du camionneur aussi virilement qu'il peut sous les regards amusés de ses amis, puis le groupe de tits-jeunes, filles à la traîne, passe devant nous pour s'approprier les deux tables au fond de la salle, juste à côté du vieux joueur compulsif. Au passage, Karolanne et la rousse nous font un timide signe de tête, probablement gênées par la présence de leurs amis garçons, mais la brune aux rondeurs en mène plus large :

— Wow, ça joue au pool, des profs? J'savais pas ça.

Lidz esquisse un sourire, mains dans les poches :

— J'te connais pas, mais j't'aime déjà.

La brunette part à rire et s'éloigne avec ses amis. Deux des garçons s'informent auprès d'elle à notre sujet; les deux autres disposent les boules sur la table.

— Pis Ryan Carter, à part de t'ça! Tu parles d'un hostie de jambon! fait Marco, toujours omnibullé par ce qui se déroule sur la vieille glace du MSG.

— Ouais, ça sent la finale Devils-Kings.

Lidz, queue en main, sans avertir, délaisse la table et se dirige vers les tits-jeunes. On croit tous qu'il a déjà décidé de les achaler, mais il s'arrête plutôt face au juke-box, à quelques mètres de leurs tables. Ça fait partie de ses vieux trucs de séduction : il commence par tenter de se faire voir – et, règle générale, il y parvient. Aussi, comme il croit fermement au pouvoir des contrastes, dans la séduction comme ailleurs, il va probablement alterner entre des tounes qui brassent, des tounes plus douces et des tounes ridicules, question de faire passer cesdames – surtout la brune, qui semble être sa préférée (enfin, j'espère) – par toute la gamme des émotions. Les clairs-obscurs déstabilisent, et selon lui, l'abandon de la femme, dans les jeux de séduction, découle principalement de la capacité de l'homme à la plonger dans l'instabilité qui mène à l'ouverture ; c'est lorsqu'elle est troublée qu'elle aime s'abandonner, tandis que le sexe mâle, pour perforer, requiert l'oubli momentané de tous les doutes. Mais il n'en est encore qu'au juke-box, et comme je le connais bien, mon lézard, sa première sélection, c'est *Turn Me Loose*. Vague de sourcils froncés et de sourires en coin chez les tits-jeunes. Lidz continue de parcourir les albums, l'air de s'en contrecâlicer, mais ceux qui le connaissent savent qu'il est fier de lui. Rentrer dans la tête de l'autre à n'importe quel prix, c'est ça qu'il cherche. Et le pire, c'est que souvent, ça marche.

Plusieurs heures ont passé, et encore plus de pichets. Lau commence à être chaude, et c'est normal, en plus de la bière, on ne compte plus les shooters qui nous sont rentrés dans le corps. Sa tolérance à l'alcool m'a toujours étonné. Elle pèse pas plus de cent dix livres, bordel, c'est pas normal qu'elle puisse nous suivre comme ça. Pourtant, je ne l'ai jamais vue malade. Quand ça tourne trop, des fois, elle va s'écraser quelque part pour faire une sieste, mais jamais on n'est pognés pour ramasser les résidus de son souper sortis tout croches. Pas comme Godard. Lui, du haut de ses six pieds quelque et du fin fond de ses deux cents livres et quelques, il peut vous faire surgir comme ça, sans prévenir, des jets de vomissures à vous nourrir toute une famille de rats. Après, il repart sur la brosse comme si de rien n'était. On ne sait pas trop comment il fait, et d'ailleurs lui non plus.

Lidz et Marco sont sortis fumer, en même temps que la débordante brunette, la serveuse du Brise-Bise, qui est venue rejoindre ses amis au cours de la dernière heure, et deux tits-gars. Laurence et moi, on surveille le pichet. À les regarder aller, elle et Marco, je me rappelle pourquoi j'avais choisi de ne plus la voir. Je retrouve ce soir, en même temps qu'elle, toutes mes tortures passées. Elle le comprend, d'ailleurs, elle me connaît mieux qu'aucune autre, et je le sais chaque fois qu'elle se retient ; elle ne veut pas rouvrir ma cicatrice avec son fer, elle fait très attention – souvent trop – et c'est gentil de sa part, mais je la déteste pour ça. Je lui en veux de ne pas pouvoir/vouloir comprendre que sa présence même, ici, avec nouzautres, fait stagner la guérison et la rend impossible.

On a cessé de jouer depuis que les autres sont sortis. *Belzébuth* : encore une toune de Lidz, qui en a sûrement pris pour une vingtaine de piasses ; façon comme une autre de marquer son territoire. Lau s'assoit sur un tabouret juste à ma droite, jambe appuyée contre la mienne, et elle ne l'enlève pas. Elle veut savoir ce qui est arrivé avec Karine, pourquoi on n'est plus ensemble, comment je vis ça, etc. C'est notre moment à deux tant attendu, faut croire, et comme les autres vont revenir bientôt, on pourra régler ça très vite ; aussi bien s'en débarrasser. Sans trop entrer dans les détails, je lui raconte, je retourne avec elle deux mois derrière, alors que Karine et moi, on ne faisait déjà presque plus l'amour, par fatigue, par ennui, ou peut-être tout simplement par cette chose meurtrière qu'on appelle l'habitude et qui change tous les couples avec le temps. On s'accrochait souvent pour des niaiseries de vaisselle, de ménage, de boisson ou de conflits d'horaire pour les soupers de famille, bref, tous les moyens étaient bons pour engraisser le motton qu'on avait tous les deux dans la gorge. Lau acquiesce, elle doit connaître ça ; elle a une libido très forte et son copain n'est pas un étalon. Alors, je lui raconte cette soirée d'après chicane et d'après un mois sans baiser où j'avais envie d'excès et où je suis sorti avec Alex et Pé-El au centre-ville. Là, je suis tombé par hasard sur une ex, on a bu pas mal – mais c'est une excuse trop facile – et puis on a fini par s'embrasser, c'est tout, juste un french – bon, OK, plusieurs frenchs, plusieurs minutes, contre le mur, près des toilettes –, et quand elle m'a suggéré qu'on prenne un taxi jusque chez elle, c'est là que j'ai compris que ça devait cesser tusuite, je me suis mis à regretter, on est retournés à la table avec les autres, et là, j'ai vu, assis tout juste derrière nous, le tit-frère de Karine, un bon jeune que j'aimais et qui me le rendait, mais qui prendrait le parti de sa sœur sans hésiter dans un pareil contexte, ce qui est parfaitement normal. C'était clair qu'il nous avait vus, je l'ai compris quand il a fait semblant de ne pas me voir. Je me suis retourné vers lui quelques minutes plus tard, mais il avait quitté la table avec ses chums. Finalement, je suis retourné cheunous en me disant que je n'avais pas le choix d'avouer à Karine ce qui s'était passé, pour le meilleur et pour le pire. Je lui ai tout dit dès le lendemain soir, et ça l'a bouleversée, bien sûr. Je suis allé dormir deux soirs chez Alex, qui se cherchait un coloc à ce moment-là, le temps qu'elle puisse faire le point sur la situation, puis quand je l'ai contactée, elle m'a expliqué que son frère lui avait raconté sa propre version des faits, qui concordait avec la mienne, mais à partir de ce moment-là, je n'ai pu réussir à la convaincre que je lui aurais quand même tout avoué si on ne m'avait pas pris en flagrant délit. Elle m'a dit qu'elle avait besoin de plus de temps pour réfléchir, alors je suis resté encore une semaine chez Alex. Ensuite, je lui ai passé un coup de téléphone, et elle avait l'air toujours ébranlée, mais elle m'a dit qu'elle était prête à me laisser revenir à l'appartement. J'y suis retourné, mais comme en deuil ; quelque chose était mort entre nous. On n'était déjà plus très forts, mais ces frenchs-là nous ont tués. Fin de la complicité, de la gaminerie, des éclats de rire, de tout ce qui faisait qu'au-delà des nombreuses difficultés du vivrensemble, on était toujours « nous ». On a subi un mois comme ça, à vouloir très très fort jouer au phénix, à se dire qu'il faudrait sortir un peu pour changer le mal de place, un mois à la recherche des mots pour masquer le mal-être et dégonfler nos silences lourds de ce qu'on n'osait pas nommer, cette chose abominable qui n'arrive jamais qu'aux autres. Bref, ce mois nous a prouvé que je nous avais tués, à coups de langue dans la bouche d'une presque étrangère, béance parmi tant d'autres offertes au suicidaire en quête d'abîmes. Une falaise en vaut bien une autre pour qui cherche à basculer. C'est souvent l'absence d'occasions qui sauve les couples, au bout du compte, et une rafale suffit à faire débouler ceux qui sont tentés par les crevasses.

Voyons, qu'est-ce qu'ils font, euzautres, à ne pas revenir ? Lau me caresse l'épaule avec la main, le regard triste, et puis la retire aussitôt, de ces gestes maladroits qu'elle a parfois et que je hais. Elle vient de se souvenir qu'il ne faut pas, que c'est risqué, que je pourrais m'imaginer des choses comme autrefois. Je la déteste dans ce temps-là, quand elle fait tout pour me rappeler que nous ne serons jamais de vrais amis.

— Pis là, comment ça va ? finit-elle par me demander.

Question inévitable, dans les circonstances – et donc, compréhensible –, mais sans réponse possible. Question qui tue. Parce qu'il faut bien tuer, parfois, et surtout ceux qu'on aime.

— Bah, j'sais pas, ça va, j'imagine… On était peut-être dans le dernier droit, au fond, moi pis elle… En tout cas, c'est ça que je me dis… je me suis peut-être juste trouvé une façon lâche de tirer la plogue au lieu d'affronter tout ça en adulte, j'sais pas…

— Ouais, bof, agir en adulte, ça veut dire faire ben des affaires qui ont pas de sens, de toute façon.

— C'est sûr…

— Donc, là, ça fait deux mois que t'as emménagé avec Alex ? Vous vous êtes reparlé, toi pis Karine, depuis ?

— Ouais, mais juste à propos de détails liés au changement d'adresse, de lettres que j'ai reçues chez elle, des niaiseries de même…

Lau pressent – peut-être par mes bras croisés, même si j'ai très souvent les bras croisés – que je n'ai pas envie de développer sur la question.

— OK, ouais… en tout cas, si jamais t'as envie d'en parler, hésite pas, hein ? J'ai les oreilles toujours ouvertes pour toi.

Faute de mieux.

— Promis.

Mensonge. Lidz et Godot reviennent enfin de leur(s) cigarette(s), accompagnés des tits-jeunes, avec qui ils semblent avoir fraternisé. Le lézard gestigueule, flanqué de la brunette et des deux tits-gars, qui marchent un peu croche et qui ont l'air de le trouver pas mal spécial, pendant qu'à la traîne, Stéphanie jase avec Marco.

— Bon, fallait s'y attendre, conclut Lau, soit dégoûtée par le sans-gêne de Lidz dans son approche de filles peut-être encore mineures, soit carrément jalouse de Stéphanie.

Lidz s'accote au bar, adresse quelques mots à la serveuse, éclate du rire aigu qu'il a quand il commence à être pompet et donne une bine amicale sur l'épaule d'un des tits-gars, le plus costaud des deux – un gros-tit-gars, en vérité – au chandail turquoise en V, qui a l'air d'avoir pris un coup solide. Le gros-tit-gars lui renvoie molle-ment sa bine et se perd aussitôt dans un long glousse-ment hilare en levant les bras au ciel, juste avant d'abattre sa masse sur un banc et de s'appuyer le coude contre le bar pour retenir sa tête lourde.

— T'es-tu prête à boire avec nos nouveaux amis? je demande à Lau, anticipant l'inévitable, tandis que Lidz, en nous regardant, tout sourire, fait tournoyer son doigt en l'air – signe qu'il paie la tournée.

— On n'a pas ben l'choix, ç'a l'air, répond-elle.

Manon, remplissant d'alcool une quantité de shooters considérable, fait non de la tête, l'air de signifier à notre ami l'ivrogne que le gros-tit-gars en a déjà bien assez eu pour son argent, mais Lidz proteste. Le principal intéressé, quant à lui, semble avoir déjà abandonné la

lutte pour en livrer une autre, à son organisme, celle-là
– lutte qu'il n'a pas grand chance de remporter.

— V'nez-vous-en, les tourtereaux, y fait soif par icitte !
lance Lidz en nous faisant signe d'approcher.

On est encore capables d'en prendre, alors on l'accompagne dans sa chute. L'abondante brunette interpelle
aussi ses amis restés au fond de la salle pour qu'ils
s'amènent au bar. Le tit-gars encasquetté, la Yankee
rousse et Karolanne, qui me travaille de plus en plus,
acquiescent aussi à la demande, et tout ce beau monde
se retrouve devant Manon, qui aide Lidz à disposer les
shooters deux par deux sur le comptoir.

— Oui-oui, y en a deux pour toi aussi, Manon, essaye
pas !

On est tous un peu ahuris devant le coup d'éclat de Lidz,
mais les tits-jeunes ont l'air contents, surtout le gros-
tit-gars au chandail turquoise en V, qui, presque instinc-
tivement, les yeux mi-clos, avale coup sur coup les deux
kamikazes que Lidz glisse devant lui sans attendre la
permission de trinquer.

— Ouuaiis, eille, man, merci, en tout cas, t'es vraiment
fucked up, toé, sauf que t'es-t-un hostie d'bon Jack,
sérieux… ceux qui t'ont comme prof sont vraiment fuckin
chanceux, chuis sûr que tes cours sont s'a coche, man…,
balbutie-t-il en attrapant Lidz par le collet de sa chemise
carreautée.

Celui-ci part à rire, l'agrippe par l'épaule et lève son
verre :

— Bon, ben, j'propose qu'on trinque à la santé de Steve, pour les années à venir! lance-t-il, et les verres s'entrechoquent en même temps que les regards.

Noisettes de Lau qui savent trop bien ce qui s'en vient. Pupilles dilatées du lézard, qui n'a pas fumé que du tabac, dehors. Beaux yeux bleus de Karolanne qui m'éclaboussent à travers ses lentilles pendant qu'on trinque. Et d'un. Les verres vides s'abattent sur le comptoir. La tête du beau Steve bascule d'un bord pis de l'autre. Il va vomir bientôt, ou bien je n'ai jamais vu personne vomir.

— Pour les annééees à v'nir! postillonne-t-il, levant mollement le poing en l'air dans un regain d'énergie surprenant.

— Watchez-le, OK, les gars? demande Manon aux deux tits-gars toujours en état de la comprendre. Ça me tente pas qu'y soit malade sur une des tables. Y a assez bu pour à soir.

— On va s'occuper de lui, répond l'un deux, flottant dans un t-shirt rose bonbon tribal.

— Ben 'oyons don, j't'en pleine forme…, grogne Steve en descendant du tabouret d'un mouvement brusque et dangereux pour sa santé.

Flairant la chute, on s'y met à trois pour le garder à la verticale; sans le tit-gars rose, Karolanne et moi, il prenait toute une plonge. On rassoit le gros Steve sur le banc avec l'aide non négligeable de Marco pendant qu'il continue à balbutier des mots sans suite. Le tit-gars rose lui passe le bras autour du cou pour le maintenir en équilibre, et on trinque de nouveau. Ça descend comme du jus de rose, ces maudits shooters plates là. Lidz nous présente en grande pompe les uns aux autres, et on retourne tranquillement près de nos tables, au fond du bar, pas tant pour jouer que pour ne pas laisser la bière mourir dans nos pichets. On ramène le titubant beau Steve jusque-là, de peine et de misère, on le laisse s'écraser sur une chaise, contre le mur, où il clôt tout de suite les paupières. Il aura au moins contribué à tisser des liens entre nos deux groupes ; le ridicule, loin de tuer, s'avère parfois fécond. Stéphanie regrette sûrement de n'avoir pu jouir de son enseignement privilégié, mais ça ne paraît pas trop ; elle s'est trouvé un autre douchebag pour la soirée – notre Marco bien à nous – et se dégêne de minute en minute. Lau, ça la fait chier qu'une tite-jeune joue dans ses plates-bandes, c'est sûr ; elle ne le dit pas, mais ça paraît. Bras croisés, elle serre les dents tout en faisant semblant de s'intéresser à la conversation entre Karolanne, le tit-gars encasquetté – qui s'appelle Marc-André – et moi-même. De temps à autre, elle tourne la tête pour voir ce qui se passe derrière nous : c'est là que God, appuyé contre la table, bière en main, jase avec Stéphanie, qui lui fait des façons de plus en plus belles et glousse à chaque mot qu'il prononce. Au bout de la table, Vanessa, la brunette rebondie, dont la poitrine semble vouloir prendre l'air, se rapproche de Lidz, qui lui glisse des mots dans le creux de l'oreille. Plus loin, à la table du fond, près des machines de vidéopoker abandonnées, Émy, la Yankee rousse, qui n'a pas trop l'air de vouloir fraterniser avec des profs bizarres de notre espèce, joue une partie de billard avec l'autre tit-gars – dont j'oublie le nom – tout en gardant un œil sur Steve, plongé dans un profond sommeil. Bref, y a du coït dans l'air.

Karolanne, belle et charmante à croquer. Tu seuls dehors, on fume. Elle voulait essayer un de mes cigares Panter ; pas le genre de chose qui se refuse. Elle étudie en arts, lettres et médias et songe à devenir journaliste. Elle dit aussi qu'elle aimerait ça, avoir un prof de français cool comme moi. Je réponds qu'il ne faut pas se fier aux apparences. Elle a hâte de terminer son DEC et de partir vivre à Montréal ; ici, il ne se passe jamais rien, tout le monde se connaît depuis la petite enfance, y a plein de commérages, etc. Je réponds qu'on peut se sentir emprisonné aussi dans une grand-ville. Silence. Nos mains s'effleurent sur la rambarde. Ça ne recule ni d'un bord ni de l'autre. Regards qui s'entremêlent, yeux bleu Gaspé qui se détournent vers le sol, lèvres lilas souriantes. Je lance au loin mon moignon de cigare mort. J'ai perdu l'habitude de tels moments, de ceux qu'il faut saisir à bras-le-corps avant qu'ils ne s'échappent. Le Louis d'une autre époque l'aurait frenchée depuis longtemps.

C'est vers deux heures que le beau Steve a finalement été malade. Brusquement resurgi des limbes, il a bondi hors de sa chaise, les bras devant comme un zombie, a zigzagué jusqu'aux toilettes et y est demeuré pendant une dizaine de minutes, sous la surveillance étroite du tit-gars rose, qui, une fois le repas de Steve renvoyé, a pris sur lui de le ramener chez eux en taxi, accompagné d'Émy ; elle ne semblait pas apprécier notre compagnie, de toute façon. Par la suite, le jeu des rapprochements s'est poursuivi. Lau, la première, a évoqué la blonde de God face aux tites-jeunes, augmentant du coup notre valeur à titre d'agents libres, à Lidz et à moi. On a aussitôt pu constater le refroidissement des belles jeunesses devant Godot, qui ne s'est plus tellement fait attendre par la suite. On a laissé tomber le billard et on s'est assis à une table tous ensemble près du bar. Lidz a payé une autre tournée, cette fois-ci de Jameson, question de passer aux choses sérieuses, et sa grande gueule a pris vraiment trop de place dans la conversation, comme d'habitude. Marc-André, qui avait l'air un peu intimidé jusque-là, s'est délié la langue après son shooter de whiskey. J'ai compris qu'il aimait bien Vanessa par ses tentatives répétées de s'interposer entre elle et Lidz, mais c'était clair comme de l'eau de roche qu'il lui fallait, à elle, quelqu'un d'un peu plus vieux. Pautit-gars encasquetté, dont je comprends trop la souffrance. Patience. Viendra un jour où ce sera toi, le gars plus vieux qui ravira son idylle au tit-jeune. Astheure, attends ton tour.

Sous la table, pendant qu'on discutait, la cuisse toute blanche de Karolanne est longtemps restée collée sur la mienne, comme si de rien n'était, et c'est à ce moment-là que j'ai compris que ça serait possible. Elle m'a confié que son copain et elle s'étaient laissés deux mois plus tôt après qu'il a déménagé à Québec pour ses études et que depuis, elle habitait avec Vanessa dans les résidences du cégep. J'ai su à ce moment que Lidz et moi, s'il ne faisait pas trop de conneries, on finirait peut-être la nuitée là. J'ai parlé de cigares, et puis on est sortis.

Maintenant, elle est juste à ma droite, la main sur la clôture frôlant la mienne et ses jambes blanches, que je devrais saisir, à quelques pouces de moi, elle sait que ça s'en vient, je sais que je devrais, que c'est ce qu'on veut tous les deux, que j'oublierais peut-être un peu, comme ça, la vie durcissante entre mes jambes le réclame à grands cris d'afflux sanguins, et pourtant rien, paralysie, comme atrophié par trop d'années de couple fade et de pulsions tuées dans l'œuf, je reste là sans gestes. Soudain, la voix de Marco, enrouée, qui résonne derrière nous :

— Eille, el père, c'est le last call, il fait-tu encore soif par cheuvous?

J'interroge Karolanne sans dire un mot; son cigare fume toujours.

— Deux minutes encore, on s'en vient.

Marco retourne à l'intérieur.

— J'ai mal compris, ou il t'a appelé «el père»? demande l'étudiante.

— T'as bien compris.

— OK... pis ma deuxième question, ce serait... pourquoi?

— Bah, on se donne plein de surnoms, comme ça, entre nouzautres. Mon nom, c'est Louis-Pierre, faique beaucoup de gens m'appellent Elpé, pis avec le temps, ben, c'est devenu «el père». Ça se peut que tu les entendes aussi m'appeler «son père» ou «el padre». C'est comme ça, des profs de français, ça aime jouer avec la langue.

— Bah, moi aussi, j'aime ça, les jeux de langue.

Sourire de destruction sous son regard bleu ciel. Je me redresse pour cacher l'érection naissante qui cherche à perforer mes jeans. Elle me fait de l'effet, la tite-vlimeuse, et elle le sait, je pense – mais c'est très dur à dire, à cet âge-là. De toute façon, j'ai bien envie de la vlimer le premier.

— Tu sais quoi? J'avais même pas pensé au double sens de ce que je viens de dire.

Elle semble regretter :

— Excuse-moi, j'pense que j'ai trop bu... j'ai vraiment pas l'esprit maltourné comme ça, d'habitude, j'te jure.

Cigare entre les lèvres, elle essaie d'aspirer, mais c'est éteint. Je m'approche d'elle, briquet ouvert; la flamme jaillit. Elle se penche encore plus vers moi.

— Fais-toi-z'en pas, y a des moments où avoir l'esprit maltourné, c'est une qualité.

Elle inspire, et ça s'enflamme. Nos visages à distance de baiser. Embrasants iris bleu mer.

— Ah ouais? À quel moment, mettons?

Je lui arrache son reste de cigare d'entre les lèvres et le jette par-dessus mon épaule. Elle souffle la fumée sur le côté, la poitrine parcourue de vagues oscillant au rythme de son souffle en chamade. Savoir que c'est maintenant. En plein cœur du vide, le vertige disparaît. Mes lèvres sur les siennes, qui s'ouvrent au contact de ma langue à la recherche de sa pulpe; jeux de salive qui soudent les êtres. Elle sent ma queue durcir contre son ventre alors que je la tâte à travers ses culottes courtes, qui vont me rendre fou. Envie sans bon sens de la prendre à l'arrière de l'édifice, comme ça, debout, d'ouvrir sa chatte et de m'y oublier jusqu'au grand vide. C'est elle qui va devoir dire stop. Je la laisse m'adosser contre le mur, la main droite refermée sur moi, je l'attire par la taille, elle penche la tête vers l'arrière, et je promène ma langue à la surface de sa gorge, faute de pouvoir y mordre. Mes doigts glissent entre ses fesses, tentent de se faufiler sous ses shorts, elle gémit, elle respire fort, la porte du bar s'ouvre. Retour bordélique au monde réel. On arrête tout d'un coup ce qu'on faisait, elle recule maladroitement, on fixe le lézard sans dire un mot, plus ridicules que des chevreuils pris dans des phares de char. Il est en plein milieu d'une solide brosse, et il a l'air pas mal content de nous avoir vus faire :

— Eille, gênez-vous pas pour moi, franchement... c'est juste qu'on va bientôt partir, faique vous êtes peut-être mieux de remballer vos affaires... on va finir ça chez Van, elle nous a invités, ça te dérange pas, Karolanne ? Parce que moi, j'ai un vingt-six onces de Jack dans mon sac... y m'a demandé tantôt si y allait se faire vider à soir, pis j'ai pas été capable d'y dire non, héhéhé !... En tout cas, j'vais p't-être avoir besoin de votre aide pour ça, on s'comprend ?

— Je vais aller chercher ma sacoche..., balbutie la belle blonde en se replaçant la monture des lunettes et le g-string à travers les shorts.

Elle monte les quelques marches jusqu'à l'entrée, regard baissé, l'air de vouloir se ressaisir et de se demander ce qui vient d'arriver au juste.

Lidz trébuche jusqu'à moi, sac-bandoulière sur l'épaule, m'agrippe les bras et me secoue comme un homme, un vrai :

— Tu pouvais pas attendre, hein, mon salaud, fallait que ça soit tusuite ? J'te comprends, dans le fond, elle est pas laide pantoute, la tite-blonde... j'avoue que j'pensais pas qu'elle était aussi déniaisée... avoir su, j'te l'aurais pas laissée !

— Ta yeule, ils sont juste à côté.

— Ben voyons, not' père qu'êtes aux cieux, on vous entendait pas, tantôt, quand vous faisiez vos cochonneries... eille, mais t'es encore bandé, mon cochon sale ? Dégonfle-moi ça tusuite, t'as pas honte, avec les autres, qui s'en viennent ? Quessé qu'y vont penser, veux-tu ben m'dire ?

Sans avertissement, il me passe la main entre les jambes et m'accroche la queue au passage. Je bondis vers l'arrière en repoussant sa main, trop soûl pour réaliser vraiment ce qui vient de se passer, mais encore assez sobre pour comprendre que ça n'a pas sa place. Câlice d'ivrogne. J'espère qu'il n'ira pas gâcher notre fin de soirée. En attendant, il a réussi à me faire débander d'un coup ; il faut quand même lui donner ça. Les autres arrivent. Karolanne et Vanessa ferment la marche, échangeant quelques mots en silence. Lau semble fatiguée :

— Nouzautres, on va rentrer au motel, nous avertit-elle en désignant Marco.

Il y a anguille sous roche.

— Ouais, c't'assez pour à soir, approuve l'anguille en se passant les doigts au travers du mohawk.

— Ben coudon, c'pas grave, vu qu'on a les tits-jeunes ! lance Lidz en passant le bras autour des épaules de Marc-André, surpris de se voir accorder tant d'attention aussi abruptement. Hein, mon Mark, t'es pas près d'aller te coucher, toi, t'as l'air en plein contrôle de tout ce qui s'passe !

— Non, j'vais y aller, moi aussi, j'commence à être vraiment soûl... pis j'ai pas envie que ça finisse comme Steve...

— Ben voyons don, t'es faite plus fort que ça, enweille, on va avoir du fun, t'la gang ensemble...

— Non-non, j'vais vous laisser, c't'assez pour moi...

— Tu manques la chance de toute une vie, tit-gars, lui reproche Lidz en retirant son bras, l'air quasiment fâché pour vrai.

Marc-André demeure perplexe avec raison ; nouzautres aussi. Rien à comprendre à cet homme-là.

— J'vais marcher avec toi, Marc, dit Stéphanie, cernée jusqu'aux genoux. J'ai ma journée dans le corps.

— Maudite journée chanceuse, fait le lézard à mots couverts.

Mon coude s'enfonce dans ses côtes. Personne n'a entendu ; une chance. On salue les tits-jeunes lâcheux ; sur ce, Lidz en profite pour leur faire de nouveaux reproches – principalement à Marc-André –, puis, réalisant que ça ne donnera rien, sort de son sac la grosse bouteille de Jack et nous en offre ; Vanessa accepte, et moi aussi. J'en avale juste un peu, surtout pour le faire taire, parce qu'autrement, il ne lâchera jamais le morceau. God et Laurence ouvrent la marche, rue Jacques-Cartier, en direction du motel. Je ne serais pas surpris qu'ils passent la nuit ensemble, ces deux-là ; ils ne rateraient pas une telle occasion.

Karolanne préfère qu'on fasse comme si de rien n'était ; je l'ai compris. Pas surprenant, d'ailleurs ; on est allés très loin très vite. Mais j'aime autant que ce soit clair de même tusuite ; ça permet d'éviter bien des malentendus.

God et Lau nous ignorent, à quelques mètres devant nous sur le trottoir vide. Lidz, parti sur la dérape, enchaîne les grosses gorgées de bourbon ; ça va fesser tantôt. Je lui arrache la bouteille des mains, question de le calmer un peu, sinon ça va malvirer. Y a des fois comme ça où il faut simplement lui enlever son alcool. Je fais semblant de prendre une gorgée et je garde le vingt-six onces avec moi. Lidz se retourne vers les tites-filles, qui marchent derrière nous :

— Faique parlez-nous don de vos cours de français, qu'on puisse se comparer, pis se consoler, aussi, p't-être ben, j'sais pas, héhéhé... vos profs, ils ressemblent à quoi ?

— Ils vous ressemblent pas pantoute, hahaha ! fait Vanessa, échangeant un regard complice avec sa chum de fille.

Elle a l'air aussi soûle que Lidz pour le moment, sauf qu'il ne prendra pas du mieux dans les prochaines minutes, le lézard ; ses trois dernières lampées ne sont pas encore rentrées au poste, et quand ça va se produire, l'ambiance de la nuitée va changer de poil, comme dirait un certain ex-entraîneur de Canadien.

— OK, on va prendre ça comme un compliment, qu'est-ce t'en penses, el père ? gueule Lidz, rejoint par Vanessa, que je laisse me dépasser pour marcher en arrière, à droite de Karolanne.

Je dévisse le bouchon du vingt-six onces de Jack et en verse un peu par terre, ni vu ni connu, sauf de la belle hipsteuse, qui m'interroge du regard un instant, mais semble aussitôt comprendre que ça vaut sûrement mieux comme ça. Lidz passe son bras autour du cou de la voluptueuse brunette, qui se laisse faire et lui dépeint sa prof comme une vieille sorcière malbaisée qui les force à lire des hosties de livres plates du terroir dont ils n'ont rien à foutre.

Je referme la bouteille à moitié vide – ou à moitié pleine, je n'ai jamais su faire la différence. Karolanne me signale de la lui passer avec des yeux de braise comme ranimés. Bah, pourquoi pas ? Y en aura moins pour Lidz, et puis je n'ai rien contre les filles soûles.

— T'sais quoi ? gueule-t-il, le bras maintenant autour de la taille de Vanessa, qui ne rechigne toujours pas. Donner à lire des romans du terroir au complet à des jeunes du cégep, c'est le meilleur moyen de les détourner de la littérature pour le restant d'leur vie... Moi, c'que j'leur demande de lire, c'est des textes qui prennent à' gorge pis aux tripes...

— Ouain... j'veux pas t'décevoir, mais le roman qui va me faire c't'effet-là, ben, y a pas encore été écrit...

— J'te garantis qu'oui, pis c'roman-là, c'est *La Canicule des pauvres*, de chose, là, Jean-Simon DesRochers... sept cents pages de drogue, de sexe pis d'alcool... c'est comme un dix-huit roues qui t'rentre dedans pis qui t'force à aimer ça, en plein ton genre, j'suis sûr.

— Hahaha ! Okayy, j't'ai fait une bonne première impression...

— Essaye pas, tu l'sais de quoi j'parle...

Éclats de Jack, rivières de fort sur la chaussée. Karolanne. Elle l'a fait exprès, la vlimeuse, elle me lance un clin d'œil, et moi, j'ai un regain d'envies de l'embrasser partout. Faut que je réprime ce sourire-là. Tragédie pour Lidz, qui se retourne d'un coup sec, l'air de n'y rien comprendre.

— Oh non, gémit-t-elle, j'suis vraiment désolée, j'vais t'en payer une autre, promis…

Il est en maudit, je le sais, mais il garde ça en dedans, pas le choix – on ne baise pas une presque inconnue après avoir donné un char de marde à son amie.

Coin Adams-Jacques-Cartier. Moment de se séparer. Lidz reproche à God et Lau d'être des vieux schnocks, il tente de les convaincre de nous suivre en secouant le gabarit du douchebag, en vain ; ils ont déjà des plans précis pour la nuitée, ces deux adultères-là, ça crève les yeux, mais on s'en contresacre, nouzautres, parce qu'on a deux tites-jeunes pas mal félines qui nous ramènent dans leur cheuzeux. On se salue donc, on se souhaite bonne nuit et d'être sages, Lau nous jette des gros yeux réprobateurs, et Vanessa, trop soûle pour jouer la carte de l'hypocrisie dans les règles de l'art, déplore qu'ils nous quittent si tôt, puis lance à Lau, tout droit sorti de nulle part, qu'elle la trouve vraiment belle. Lauthentique trouve ça débile, bien sûr ; elle la remercie en nullac-trice qui joue vraiment trop gros, mais la tite-fille n'y voit que du feu. Elle et Marco finissent par s'en aller pour vrai ; ils rentrent ensemble dans la même chambre, celle de Lidz et Lau, comme je l'avais prédit, mais je n'ai aucun mérite – c'était écrit dans la broue. On bifurque à gauche vers le cégep, les deux pochards toujours devant, s'appuyant l'un sur l'autre dans leur démarche titubante. La brunette rit à poitrine déployée de toutes les niaiseries de Lidz, accrochée à lui en prétextant que ça tourne. Karolanne s'est rapprochée de moi depuis qu'on a quitté la rue Jacques-Cartier. Je glisse la main autour de sa taille. Elle se rapproche encore.

— Bravo pour la bouteille brisée, tantôt, je lui chuchote à l'oreille. C'était la meilleure de la soirée.

Sourire en coin, sourcils froncés derrière ses verres-fétiches :

— J'vois pas de quoi tu parles, c'était un accident.

— Ben coudon, y a des accidents plus utiles que d'autres.

En effet. Lidz, sur qui il vaut mieux ne pas trop s'appuyer passé une certaine heure, perd l'équilibre et s'écroule sur le côté, dans le gazon – heureusement, parce que sa tête s'y abat lourdement. Vanessa tombe sur lui, roule sur le dos, hurlant de rire :

— Hahahaha! Qu'est-ce tu fais, man, t'es crissement soûl! Hahahahaha!

— Ben 'oyons don, ch'pas soûl, c'est toi qui m'as poussé, maudite tannante, essaye pas! J'm'en vas t'montrer!

Il roule sur la tite-fille-ronde et cherche à l'immobiliser, mais elle se débat en criant. Ils se tiraillent sur le gazon quelques secondes, Lidz s'allonge sur elle en missionnaire dans un grand éclat de rire éthylique, elle enroule ses jambes autour de lui, il lui cloue les poignets au sol, puis Karolanne décide que ça suffit pour nous; elle me prend par la main, et on rentre ensemble aux résidences.

— Ils vont réveiller tout le monde, s'inquiète-t-elle en me précédant dans l'escalier.

Cuisses douces et vierges, pas encore souillée ou presque pas. Lui goûter l'intérieur des fesses. Baisser ses shorts beiges beaucoup trop courts, plonger la langue entre ses lèvres et les frencher comme si c'était sa bouche. J'espère qu'ils vont rester longtemps dehors, Lidz et son autre ; on a des choses à faire.

— Vous habitez juste toutes les deux ?

— Non, on a deux autres coloques qui sont couchées, faudra pas être trop bruyants…

Mouais. Pas idéal. Un Lidz en boisson – et même en général –, c'est presque impossible à faire taire. On aurait dû ramener les deux filles au motel. Quoique… non, baiser avec ce gars-là juste à côté, jamais de la vie. Lui ne s'en plaindrait sûrement pas, mais bon, ça le regarde.

Karolanne tourne la clé dans la serrure ; on entre. Noirceur totale, silence opaque. Elle garde la lumière éteinte. Je referme la porte et tourne la clenche. Elle pose ma main gauche sur sa hanche :

— Suis-moi.

Elle me guide à travers le mobilier de la cuisine, que je devine tant bien que mal, et ouvre une porte qui grince, celle de sa chambre. Elle se faufile dans la noirceur, contourne ce qui semble être son lit, allume la lampe de chevet.

— Fais comme chez toi, je vais aller aux toilettes, ce sera pas long.

— OK.

Elle sort avec un sourire timide et me laisse seul dans cet univers de tite-fille à peine sortie de l'adolescence. Subite impression d'être un violeur d'enfants. Couette mauve pâle à pois blancs, oreillers assortis. Murs blanc résidence couverts d'affiches de fleurs et de paysages ; ç'aurait pu être pire, je m'attendais à ce que pèse sur moi de tous les coins de la chambre le regard de mille Justin Bieber. Vêtements qui traînent un peu partout, parmi les livres et les cahiers d'école. Bibliothèque autrement peu garnie, si l'on exclut les incontournables *Harry Potter* et autres *Twilight* proprement alignés. Table de travail pour enfant ou presque, où un ordinateur de bureau aurait du mal à tenir, mais qui suffit pour un portable et des accessoires de beauté. Miroir sur les bords duquel sont accrochées des photos de party où je reconnais quelques-uns des tits-jeunes de ce soir et où est inscrit au rose à lèvres : I LOVE YOU 4EVER BITCH !!! Distance soudaine entre elle et moi. Pourtant, elle sent la femme et goûte la femme, la belle jeunesse qui dort ici ; ses courbes sont un immense appel à reproduire l'espèce humaine. Je m'assois sur son lit, l'érection morte. Me souvenir qu'elle est une femme. Oublier les devoirs que j'aurais pu lui donner cette session. Elle est de retour, sourire aux lèvres, un peu gênée, pas certaine de vouloir assumer ce qui s'en vient.

— J'peux t'offrir quelque chose à boire ?

Ne plus penser. On est ici, elle et moi ; c'est tout ce qui compte. Les profondeurs se chargeront du reste.

— Non merci, t'es gentille.

Je me lève du lit et m'approche d'elle. La porte se referme, nous sert d'appui.

— Attends, murmure-t-elle en posant les mains sur mon torse, l'air de ne pas trop se croire elle-même.

Quoiqu'on en pense, il y aura toujours des «non» qui veulent dire «oui». Mes doigts dans ses cheveux d'or blanc, sur sa nuque, puis sous sa camisole de trop. Soutien-gorge défait toujours rivé à ses seins ronds, genoux au sol, ma langue qui glisse sur son bas-ventre et sur son grain de beauté sucré près du nombril, mes mains qui montent et font sauter la dentelle hors de sa poitrine, sa respiration saccadée contre mes paumes, ma salive sur ses mamelons, mes dents qui se retiennent de les croquer, mon gland dur comme le roc qui ne se peut plus d'attendre la dynamite. T-shirt qui rejoint la camisole et la brassière par terre, ses lèvres sur mes pectoraux, mes doigts sous sa culotte. Impossible qu'elle soit vierge, elle est trop bonne à ces jeux-là; sa chatte aspire mon majeur, qui glisse dans ses sables mouvants, en ressort et s'y renfonce. Elle défait ma braguette entre deux gémissements, culotte baissée, g-string sur le côté des lèvres, et on entend des rires, une porte qui s'ouvre, des pas dans la cuisine. Fuck, Lidz, viens pas tout gâcher. Oublier les intrus, rester tout avec elle, à sa main puis à sa bouche qui se referme sur ma queue, à mon gland sur sa langue, caressant son palais, à ses pupilles pleines de ces choses qu'on aime s'imaginer mais qu'il faut avoir vues pour croire vraiment. Bruit lourd de chaise culbutée sur le carrelage. Lidz qui sacre. Vanessa rit à voix basse, mais assez fort pour déranger tout le monde, ceux qui baisent comme ceux qui dorment. Autre bruit; quelqu'un qui vient de foncer dans le mur. Hostie d'ivrogne. Autres rires de Vanessa. Porte qui claque. Dents de la belle blonde sur mon gland qui rougit du frottement; pas vierge, mais pas trop d'expérience non plus; je me retire de sa bouche, l'incite à se relever, l'attire jusqu'au lit, où elle s'assoit, les shorts et le g-string toujours aux chevilles. Je m'installe à côté d'elle, l'embrasse à pleine bouche, me mouille les doigts de salive et les faufile entre ses cuisses ouvertes. Les parois se desserrent, ce sont bientôt deux doigts qui disparaissent; ils vont et viennent comme dans du beurre, je la sens prête au soubresaut de ses jambes qui se referment sur ma main.

— T'as des condoms, Louis? J'en ai pas...

Et moi qui n'y avais même pas pensé, tellement certain qu'elle en aurait. Cré tite-fille... Pas grave, je continue de lui dévorer la nuque et de lui fouiller l'intérieur avec les doigts.

— Moi non plus...

Son corps se crispe de plaisir, et elle secoue ma verge encore plus vite.

— Qu'est-ce qu'on fait? demande-t-elle entre deux halètements.

— J'sais pas, je lui souffle au creux de l'oreille avant de prendre son lobe dans ma bouche.

L'idée soudaine, et puis l'envie, comme ça, de la baiser sans condom, ici, de tout risquer, de s'en foutre et d'y aller, de lui faire peut-être un enfant, d'attraper peut-être une MTS, l'envie d'envoyer au diable toutes les peurs qu'on nous enfonce dans le crâne depuis toujours, l'envie d'être animal pour vrai, rien qu'une seule fois, de vivre, hostie, de seulement vivre un peu pour faire changement.

Agenouillé devant son origine du monde, j'agrippe ses cuisses grandes ouvertes et les maintiens surélevées tandis qu'elle s'allonge sur le dos. Ma langue sur son clitoris dur, entre ses lèvres au jus amer qui s'amalgame à ma salive ; moment qui vaut mille fois tous les herpès depuis la nuit des temps. Les secondes s'évanouissent à bout de souffle, et elle m'empoigne la tignasse à deux mains :

— Prends-moi, Louis, j'veux te sentir.

Plaisirs de l'interdit, les plus puissants depuis l'enfance. Elle ne me le dira pas deux fois. Je crache dans ma main, mouille mon organe bandé comme un pieu, écarte ses jambes un peu plus et fonds sur sa vénusté. Contact à l'origine de tout, bordel que c'est bon comme elle enroule ses jambes autour de moi, comme je suis à ma place en elle. Ma langue dans sa bouche et ma queue dans sa chatte, ses fesses écartées par mes doigts, ses ongles dans mon dos comme preuves que le tabou se transcende, se pulvérise à coups de va-et-vient. Paupières scellées, bouche ouverte en béance insupportable, elle pousse un cri trop fort, retient le suivant, j'enfonce mes doigts parfumés de son sexe dans sa bouche, elle me les suce, et un hurlement retentit, déchirant tout ça devant nous d'un coup. On fige sur place, on se regarde. D'autres cris suivent, des cris de tite-fille, des cris sérieux, loin de l'hilarité de tout à l'heure. Panique. Je sors de Karolanne, on se lève, elle met son pyjama à toute vitesse, moi mes boxers et mes shorts, tandis que les cris redoublent, plus distincts, cette fois :

— TOUCHE-MOÉ PAS PIS DÉCÂLICE, ESTIE D'TAPETTE BATTEUSE DE FEMME! J'VAS APPELER LA POLICE, ENWEILLE, SCRAM, CRISSE TON CAMP D'ICITTE, J'VEUX PUS JAMAIS VOIR TA CRISSE DE FACE DE RAT!

Karolanne sort de la chambre, je glisse dans mes souliers et me lance derrière elle. Vanessa se tient debout, en sous-vêtements, dans la lumière criarde, la main gauche appuyée sur le frigo, l'autre posée sur son œil droit. Lidz, complètement soûl, le regard vide, en boxers, assis par terre, un rictus abruti aux lèvres, tente sans succès de mettre son pantalon pendant que Vanessa lui vomit un torrent d'insultes en plein visage. Câlice, le troll, t'es vraiment rendu là? Tu tapes sur les titesfilles, astheure? Fais-moi don rire pour pas que je pleure.

— Va chier, hostie d'folle, t'es jusse bonne à fourrer, marmonne-t-il en lui faisant «fuck you».

Vanessa s'approche de lui, la main toujours sur l'œil :

— ME SEMB', OUAIS, T'ES MÊME PAS CAPAB' DE BAISER UNE FEMME, HOSTIE D'FELUETTE! DÉCÂLIIICE!

— M'as t'la fermer, ta yeule...

Il tente de se relever, un pied dans la jambe de pantalon, l'autre libre, mais ne tient pas debout longtemps et bascule vers l'avant, sur la table de cuisine, en renversant une chaise dans un nouveau vacarme. Entretemps, les deux coloques, réveillées par le bruit, sont apparues dans la cuisine. Elles se tiennent là, sous le choc mais trop endormies pour être paniquées, en tenue de nuit, et veulent qu'on leur explique ce qui se passe, tandis que Karolanne se précipite vers son amie furieuse pour l'empêcher de se jeter sur Lidz, auprès duquel je m'accroupis dans un effort désespéré pour lui faire retrouver la tête.

— Y M'A FRAPPÉE, crie Vanessa, maintenant en larmes, montrant son œil droit tuméfié à ses amies. Y EST PAS CAPAB' DE BANDER PIS Y S'EST DÉFOULÉ SUR MOI, MAUDIT MALADE ! C'PAS D'MA FAUTE SI T'ES GAY PIS QU'TU L'SAIS PAS, MON GRAND !

— Ouach, j'peux pas croire qu'il t'a fait ça, s'indigne l'une des deux coloques.

J'agrippe Lidz par le dessous de bras pour tenter de le remettre debout, mais il est soûl comme une barrique.

— Viens-t'en, on s'en va.

— Ch'pas gay, son père...

— On s'en fout, Lidz, enweille, debout.

— Pas gay, mon œil, hostie ! Si t'avais pensé à Marc-André t'à l'heure, ça t'aurait p't-être aidé !

Cette pointe de Vanessa rallume la folie dans le regard perdu de Lidz ; à peine remis debout, il cherche à se jeter sur elle, et ça me prend toutes mes forces pour le rabattre sur une chaise et le garder assis.

— Tranquille, hostie.

— Louis, va falloir que ton ami parte, tranche Karolanne, tandis que les deux autres convainquent Vanessa – non sans peine – de les accompagner dans la salle de bain pour soigner son œil.

— Ouais, OK, va ramasser ses vêtements pis les miens… j'le retiens ici, pis on s'en va… j'vais essayer de l'habiller dehors… pis si ton amie arrêtait d'en rajouter, ça nuirait pas.

— Pas fif, balbutie Lidz.

— Il l'a frappée, Louis, elle a ben raison d'être en crisse après lui. Y est même chanceux qu'on fasse pas venir la police…

— Je l'sais ben, Karolanne… j'suis vraiment désolé… câlice.

Les yeux tristes, elle va chercher nos vêtements disséminés un peu partout dans les deux chambres. Des sanglots convulsifs traversent la porte close de la salle de bain.

— Tiens, Louis, fait Karolanne en disposant le linge sur la table, avec le sac de Lidz, que j'avais oublié.

— Merci.

Je vérifie que tout y est. Lidz, la tête appuyée contre mon ventre – sans quoi il s'écroulerait –, bave en filaments sur ma sueur et celle de Karolanne. Complètement défoncé, le bonhomme.

— Enweille, mon lézard, on se lève, t'es capable.

Je soulève son poids mort par les aisselles. Ça sera pas un cadeau. L'une des coloques vient chercher de la glace dans le congélateur et nous lance au passage un regard plein de hargne. Les sanglots émanant de la salle de bain se transforment en bruits de vomissement.

— Il est pas encore parti, lui ? s'énerve la coloque.

— J'travaille là-dessus, je lui réponds en m'efforçant de garder Lidz debout.

Karolanne a la bonne idée de mettre nos affaires dans le sac du soûlon et de me le passer sur l'épaule. Je la remercie. Elle m'embrasse sur la bouche avec un regard déçu que je lui renvoie. Je traîne Liz jusqu'à l'entrée ; les yeux fermés, il grommelle et tangue comme un bateau ivre, mais on va finir par y arriver.

— Ah, pis si j'étais à votre place, je resterais pas à Gaspé longtemps, fait Karolanne tout juste avant qu'on sorte. Les frères de Van aimeront pas ça, pis c'est sûr qu'ils vont vous chercher.

— Fuck euzautres, estie ! lance l'ivrogne dans un étonnant regain de vie.

— Ta yeule, Lidz. OK, on va penser à ça... Merci, en tout cas. Pis désolé encore. Le pire, c'est que c'est même pas un mauvais gars...

— Ouain... ben, fais attention à toi. Tu m'ajouteras sur Facebook, si tu veux. Karolanne Boyer.

— C'est bon, j'te donne des nouvelles, promis.

On sort tous deux de l'appart, bras dessus, bras dessous, comme deux ivrognes nudistes et caves.

Le iPhone de Lidz iSonne trois fois. Pas de chance qu'il réponde, comateux comme il est, gueule béante, ronfleur encoconné dans la couette. Midi trente-sept. Cinq heures de sommeil dans le corps, bouche pleine de pâte et mal de tête sorti tout droit des Enfers. Courbatures d'après traînage de Lidz sur des centaines de mètres. Mal à ma langue, aussi, mais ça, c'était pour une bonne cause. Il m'en doit une, le reptile, mais il ne s'en souviendra plus ; ce serait encore beau s'il pouvait me croire sur parole, mais c'est pas trop son fort, en général. Mon téléphone sonne à son tour. OK, cibole, on a compris. Douleurs dorsales. Je me désentortille des draps qu'a bien voulu me laisser Lidz et sors mon appareil des jeans en boule qui traînent par terre. C'est Godette. Il dit qu'il a déjà laissé un message sur nos deux boîtes vocales, et je lui réponds qu'on est complètement éclatés. Il dit que ça s'entend, et puis qu'il est allé manger avec Laurence au restaurant de matante Thérèse, qui avait des nouvelles à propos du grand Djibi d'Amérique. Ça me réveille un peu ; je lui demande c'est quoi, mais il m'envoie promener ; faudra qu'on aille les rejoindre au Café des Artistes pour le savoir. Je lui réponds de manger un char en attendant que je m'amène, dans une trentaine, gros max, puis je finis par le traiter de vieille godasse et lui raccroche la ligne au nez. Marco, ça le fait toujours bien rire quand on le maltraite, probablement surtout parce qu'il peut nous casser la gueule sans même essayer pour de vrai.

Mon nez ternue, comme à chacun de mes lendemains de veille depuis que j'ai franchi le cap des vingt-cinq ans. Encore sonné par le réveil brutal, je me rends jusqu'à la salle de bain en sous-vêtements, les retire et me glisse sous la pomme de douche. L'eau savonneuse atténue juste assez l'odeur de Karolanne sur mes doigts pour m'en laisser un bon souvenir. J'enlève à coups de brosse dentifricée la pâte de tonne qui m'encrasse encore la gueule, je m'habille et abandonne Lidz à son absence.

Sur le trottoir jusqu'au Café, je me sens moins bienvenu qu'hier, à l'affût de tits-jeunes en lendemain de veille et de grands frères pas trop contents. Le ciel est plus couvert et la brise est plus fraîche, mais les deux adultères occupent la terrasse malgré tout. Je les observe en descendant la rue Adams; ils ne me cherchent pas des yeux, tout à leurs rires et à leurs jeux de jambes, de ceux qui n'ont leur place que sous une table.

— Salut, vouzautres, je laisse échapper d'une voix de cadavre en arrivant à leur hauteur.

— Salut, Louis, fait Laurence avec des yeux pas fiers de moi.

Marco, quant à lui, ne se formalise pas tant :

— Pis, ça s'est passé comment, avec les tites-filles?

— Non-non, c'est toi qui parles en premier, Godron, comme on s'était dit. Faiqu'elle vous a dit quoi, matante Thérèse?

Je m'assois à la gauche de Lau, reluquant son latté du coin de l'œil, mais avec moins d'envie que son verre d'eau.

— Haha! OK, ben, elle a parlé avec la tite-madame qui gère les résidences du cégep, qui est sa bonne amie, pis apparemment, Djibi serait resté là deux semaines. C'est samedi dernier qu'il serait parti, faiqu'on aurait juste une couple de jours de retard.

— Ah ouais? Pis… est-ce qu'on sait s'il est reparti à Montréal, ou ben ailleurs?

— C'est pas sûr, répond Laurence, mais à ce qu'il paraît, il se serait informé à propos de Percé à la madame des résidences, il voulait savoir si c'était aussi achalandé qu'ici à ce temps-ci de l'année…

— C'est sûr que non.

— Ben non, c'est minuscule, Percé, ça vit à peu près seulement du tourisme, pis on n'est pas encore au mois de juin. Ça doit être vraiment mort, en ce moment. En plus, y a pas de cégep, faiqu'on pense, Lau pis moi, qu'il est sûrement allé se cacher là, notre Djibi, en se disant qu'il serait plus tranquille qu'ici, où y a déjà pas grand monde, mais pour quelqu'un qui file pas, des fois, pas grand monde, c'est déjà trop.

— Bon, enfin une bonne nouvelle.

— Faique t'es partant pour faire l'aller-retour Gaspé-Percé à tous les jours jusqu'à ce qu'on le trouve? me demande Lau, soudainement ravivée – elle a toujours voulu voir le rocher. Au pire, on peut conduire, nouzautres aussi… On pourrait garder nos deux chambres au motel, y a pas de problème, c'est rien qu'une heure de route… en tout cas, c'est ça que la serveuse nous a dit.

En parlant de la louve, la voilà qui me salue, pose un verre d'eau salvateur devant moi – ma langue était en

train de me mourir dans la gueule – et me tend le menu,
que j'ouvre sans appétit avant de le refermer pour caler
la moitié du verre.

— Ouais, j'sais pas, on serait peut-être mieux de passer
nos prochaines nuits à Percé… je vous raconte notre fin
de soirée d'hier, pis vous allez comprendre.

Je commande à la louve un panini jambon-suisse avec
un refroid d'eau, puis je leur raconte les frasques de
Lidz, sans trop entrer dans les détails de ce que moi,
j'ai aussi fait de regrettable. Marco se frotte le visage
avec la main comme pour le laver de son incrédulité :

— Hostie de Lidz…

Les yeux de Lau demeurent écarquillés :

— Il va pas bien…

— Non.

— Bah, on se sauvera pas d'ici pour deux trois tits-
jeunes qui nous en veulent, tranche notre homme-coq.

Il cherche rarement la bagarre, Godard, mais quand c'est
la bagarre qui le cherche, il ne se sauve pas trop non
plus. Je lui fais remarquer qu'on ne sait pas si ces gars-là
sont des tits-jeunes ou non, qu'on ne sait absolument
rien d'eux et qu'on a déjà bien assez de problèmes comme
ça, avec Djibi au bord du suicide et Lidz en chute libre,
sans avoir en plus à passer nos nuits dans une tite-ville
où y a des inconnus qui nous pourchassent pour nous
péter la gueule.

Monsieur Miché sent sa virilité lui filer à travers les
pores du scrothomme :

— Ils vont faire quoi, tu penses, nous tapocher ? C'est pas la fin du monde, Elpé, voyons don, ils essaieront, pis on verra ce que ça donne, c'est tout. On a notre chambre ici pour la semaine, pis on va la garder.

Lau, les montées de testostérhomme, ça l'impressionne rarement :

— Franchement, Marco, ça donne crissement rien de rester ici quand on sait que Djibi est à Percé pis qu'ici, en plus, y a des gens qui veulent que Lidz paye pour ses niaiseries.

— Justement, y est peut-être temps qu'il comprenne qu'il faut payer, des fois...

— Ah ouais ? fait Lau, exaspérée. T'es encore au stade où tu penses qu'il peut apprendre de ses erreurs ? OK, ben, d'abord, tu nous avertiras quand tu seras au même stade que nous, parce qu'avant ça, c'est clair qu'on s'entendra jamais sur ce qui est le moins pire pour lui.

— J'ai plus d'attentes depuis longtemps, Lau, c'est juste que les gestes qu'il pose entraînent des conséquences, pis il faudrait qu'il les assume. À la limite, on devrait rester ici rien que pour ça.

— C'est de l'entêtement, ça, God. Ça s'appelle foncer dans un mur quand y a la porte juste à côté.

— Il a frappé une tite-fille, Lau. Tant qu'à moi, il l'a méritée, sa volée.

Y en a marre. C'est le chauffeur qui décide, quand tout a été dit :

— Bon, ben, Godette, tu resteras ici avec lui, au pire. Pis tu lui tiendras les bras pendant qu'il se fait donner sa rince, si tu veux. Moi, après avoir mangé, j'annule notre réservation au motel, pis je pars à Percé avec Lau. Toi pis Lidz, vous faites comme vous voulez, vous nous suivez ou vous restez, c'est votre affaire.

— C'est en plein ça, Elpé, lance Lau, fière de mon coup.

— Saaa-crifice, vous êtes intenses, aujourd'hui...

God se lève, mais pas vraiment fâché – il se choque très rarement, sauf contre Lidz.

— C'est correct, el père, c'est toi qui as le char, je m'obstine plus... sauf que j'suis vraiment pas certain qu'ils vont accepter d'annuler notre réservation, au motel...

— On dira que c'est une urgence, répond Lau, pétillante. Ils auront pas ben le choix, je vais leur montrer mes grands talents d'actrice.

— Mouais... c'est mieux d'être bon.

God part pour les toilettes. Laurence et moi, on échange un sourire qui s'éteint dans une question lourde de légèreté feinte :

— Pis, la tite-blonde, t'as-tu eu le temps de la baiser, au moins ?

Je sens, comme à chaque fois qu'une fille nouvelle se glisse entre elle et moi, que ça lui coûte de s'informer, mais qu'elle essaie très fort de jouer son rôle de presque amie. Elle s'en tire plutôt mal.

— Non, on venait juste d'entrer dans sa chambre quand on a entendu les cris de celle que Lidz a tabassée.

Elle ne me croit pas, ça se laisse lire en filigrane dans le coin gauche de son sourire.

— «Un mensonge qui nous élève m'est plus cher que mille basses vérités», dit-elle tout simplement en regardant au loin. C'est de Pouchkine, ça te rappelle quelque chose?

— À tes souhaits. Une phrase de qui?

— Hein? Ha! ha! Épais.

— Non, je connais. T'avais écrit ça dans mon agenda pendant un cours de philo, au cégep, il me semble. Je me rappelle plus pourquoi.

— Je me souviens, moi.

Silence.

— Tu me connais trop bien, c'est ça qui est fatigant.

— Désolée, beau brun. C'est comme ça.

— Faiqu'entre toi pis Marco, il s'est passé de quoi?

Lautruche roule des yeux, prend une gorgée de café, elle sait que je sais, mais elle n'avouera pas.

— Non, répond-elle.

T'en fais pas, douloureuse fille de mon enfance, si Cédric l'apprend un jour, ce sera d'un autre que moi, je ne sabote pas les couples pour si peu, pas pour des raisons qui m'excluent.

— Je vais garder ça pour moi, promis.

— Je vois vraiment pas de quoi tu parles, répond-elle, cherchant à réprimer son sourire.

— Chassez Pouchkine, il revient au galop.

Parlant de revenances, voici Marco et la serveuse, qui m'apporte mon repas avec la carafe d'eau. Après, on file au motel et on annule tout avant que Lidz se lève, parce qu'il va protester, c'est sûr.

Percé

Route 132 qui perce les nébuleuses. Encore la brume, toujours la brume, celle de nos têtes et celle du monde. Soixante-treize kilomètres avant Percé. Shotgun Lau bat de ses tits-petons nus contre mon coffre à gants, Lidz fume un batte et Marco tente de lire *Le Devoir* en arrière, mais on le dérange comme des canailles mangeuses de bois :

— «Tu peux pus aller ben loin… Ouin ton bécik y a même pus d'freins… Tu peux pus t'frayer un chemin… T'as perdu les pédales, là t'as pus rien…»

Et tous les trois, on fait des lallations qui tonitruent dans la pluie fine, juste pour fatiguer notre beau Godot.

— Eille, vous avez vu ça ? lance-t-il en plein chœur de nouzautres. Depuis deux jours, à huit heures, y a des Montréalais qui se rassemblent sur les trottoirs pour taper sur des casseroles.

— Maudite gang d'anarchissses ! grogne Lidz en butchant son joint par la fenêtre entrouverte.

— Non, ç'a l'air que c'est des contribuables, cette fois-là.

— Ah, OK, scusez-pardon, si c'est des gens qui contribuent…

On l'a réveillé tantard, à 4 h de l'après-midi. Il ne se souvient pas de grand-chose, pas plus de notre départ de L'Ardoise que du coup de poing sur l'œil de la tite-fille. Il n'a pas posé de questions non plus, comme s'il savait, au fond de lui, que ça n'avait pas tourné rond. On n'est pas entrés dans les détails. On s'est contentés de lui dire que Djibi s'était pris une chambre à Percé et qu'on avait décidé de le suivre. Lau s'est montrée très convaincante devant le commis nerveux du motel, qui prétendait ne pas pouvoir annuler notre réservation, que c'était contre leurs politiques, etc. Elle lui a dit qu'elle comprenait, mais qu'on avait à Montréal un vieil ami qui venait d'attenter à ses jours – ce qui n'est pas si loin de la vérité – et qu'on devait absolument retourner là-bas. Notre gentil Norman Bates s'est senti mal de nous refuser ça, il s'est raclé deux chats hors de la gorge et a fini par nous rembourser pour les cinq nuits qui restaient, l'air de nous en vouloir de le mani-puler comme ça à coups d'histoires montées de toutes pièces. Bref, ça s'est déroulé comme Laurence l'avait prévu. Dans les minutes qui ont suivi, on s'est trouvé deux chalets au Pic de l'Aurore, situé juste à l'entrée du village. Avec un peu de chance, c'est là que se cache Djibi; sinon, pas grave, on le trouvera bien assez tôt. On ne reste pas longtemps inaperçu dans un trou comme Percé.

Karolanne, déjà lointaine et qui s'estompe, perdue dans les vapeurs éthyliques d'aujourd'hier. Je l'ajouterai sur Facebook, et puis on verra bien. Quand elle mettra le cap sur Montréal la douloureuse, peut-être que nos ébats rompus reprendront leur cours. Ou peut-être pas. Ça n'a guère d'importance. Mais quelle connerie, quand même, de l'avoir baisée sans capote. Y a des fois, comme ça, où je me fais peur quand j'ai trop bu.

Virage à 45 km/h dans la blancheur. Un corbeau kami-
kaze sort du brouillard après le tournant, cherche à
franchir la route de quelques battements d'ailes, Lau
pousse un cri, ramène ses pieds sous le siège. J'applique
les freins sans arrêter trop brusquement pour ne pas
perdre le contrôle de la Yaris, et l'oiseau vient s'abattre
sur le pare-brise dans un grand fracas d'ailes. Balayé
d'un coup d'essuie-glace, il est propulsé au milieu de la
chaussée. Je m'arrête sur l'accotement, la vitre en sang.

— Wow, fait Lidz, tu l'as explosé!

— Arrête tes wipers, Louis! me crie Lau devant la tar-
tinade d'oiseau rouge et noir beurrée sur le pare-brise.

J'éteins le moteur et sors de la voiture, suivi par les
trois autres. Le volatile amoché gît sur la sphalte
mouillée, dans la voie opposée, à une dizaine de mètres
derrière nous. Lidz avance vers l'oiseau plumé qui
croasse en agonie; j'examine mon pare-brise. Quelques
plumes et du sang mêlés à l'eau de bruine, mais pas de
dommages sérieux; c'est le corbeau qui a tout pris. Lau
me tend un paquet de serviettes du McDo qui traînaient
dans le coffre à gants et m'aide à nettoyer les restants
de volaille sur la vitre et les essuie-glaces.

— Y est encore vivant, constate Lidz, sur l'accotement,
de l'autre côté de la route. Faut l'achever, on peut pas
le laisser de même.

— Bah, fais-toi-z'en pas, répond Marco, y a un camion
qui va te l'effoirer, ça sera pas long.

— Pas long, comme dans dix-quinze-vingt-trente
minutes? Non, oublie ça, c'est pas humain, j'vais te
l'achever, moi, tu vas voir.

Lau grimace en retirant des plumes baignées d'hémo-globine d'un essuie-glace :

— C'est quoi ces histoires-là, encore, Lidz ? Tu vas l'achever comment ? Explique-nous ça.

— C'est pas ben compliqué, Lolo.

— Ah ouais ? T'es vraiment fucké, mon gars, fait Marco.

Curieux, je me retourne vers Lidz, que God vient de rejoindre de l'autre côté de la route. Notre homme d'excès s'approche de l'oiseau mal en point, couteau de chasse à la main.

— 'Tention, y a une voiture qui s'en vient ! je lui crie.

Lidz recule jusqu'à l'accotement, cache son poignard derrière son dos. Et il traîne ça sur lui, l'hostie de débile ? C'est nouveau, ça. Une chance qu'on a quitté Gaspé, ça aurait pu maltourner à la puissance mille. Une Jaguar rouge file à toute allure entre nous quatre, ralentit à peine en prévision du tournant et roule par-dessus le corbeau pétrifié sans que les roues l'effleurent.

— Hein, t'as vu ça, Godette ? lance le lézard, fier d'avoir eu raison. Il te l'a-tu effoiré, le char, ou pas pantoute ?

— OK, déniaise, ramasse-le tusuite, si tu veux l'achever, enweille.

Lidz fait quelques pas rapides jusqu'à l'oiseau, qui se perd en longs cris de douleur espacés, l'attrape par une aile et le soulève pour l'emmener jusqu'à l'accotement, où il le pose doucement sur l'herbe humide, à quelques pieds de la route. Le corbeau se débat de sa seule aile valide,

il cherche à fuir, croasse de panique, mais Lidz l'immo-
bilise au sol et lui pose la lame sur la gorge.

— Nevermore, mon tit-corbeau.

L'acier brillant glisse d'un coup sec, le sang s'écoule
hors de l'oiseau, qui s'étouffe et tressaille encore quelques
secondes, puis cesse de bouger complètement, arrivé au
bout de son sang jusqu'à l'orée de la nuit. Lidz essuie
ses mains, puis sa lame dans l'herbe et la rentre dans
le manche du couteau, qu'il remet dans sa poche.

— T'es crissement trash! lui lance Lau en se remettant
à frotter le pare-brise.

Lidz traverse la chaussée pour nous rejoindre :

— Tu connaissais pas mon côté chasseur, ma Lol V.
Stein?

— Tu traînes toujours ça sur toi? lui demande-t-elle
en retour, l'air plus inquiète qu'impressionnée.

— Héhéhé! J'te le dis pas. Bon, on s'en va?

Il se rassoit sur le siège arrière en arborant sa gueule
des plus grandes occasions. Marco, resté derrière pour
s'assurer de la mort de l'animal, le rejoint aussitôt. On
ramasse les dernières plumes sur le pare-brise, on jette
les serviettes souillées par-dessus bord et on reprend la
route.

Pic de l'Aurore, 19 h. Les chalets de bois rond sont
chaleureux, sans plus. Foyer, lit double à ressorts
raides, télé câblée mais pas jeune-jeune. On va garder
les mêmes équipes de cochambreurs : Lidz et Lau, God

et moi. C'était à la demande de Lau, qui a d'ailleurs pris ses distances de God depuis qu'on est partis du Café des Artistes, probablement pour des motifs de culpabilité post-coïtale.

À notre arrivée au motel en remplissant la paperasse habituelle, on a interrogé la tite-madame qui s'en occupe avec son mari. Elle n'a pas eu connaissance qu'une grand-affaire barbue fraîchement sortie de Montréal avait séjourné cheuzeux, mais elle a dit qu'on n'avait qu'à mener une enquête auprès des commerçants du coin et qu'on finirait bien par le trouver. On l'a remerciée, on lui a pris quatre sacs de bois de chauffage et du papier journal – parce que *Le Devoir*, ça ne se brûle pas –, et puis on est rentrés.

Soirée tranquille qui s'annonce ; il mouillasse de l'eau frisquette, et on est tous pas mal crevés de la nuit d'hier. Une fois tout le monde installé, rendez-vous chez God et moi pour trouver sur les interweb un restaurant qui fait la livraison. Malheureusement, la Toile n'a pas grand-chose à nous apprendre là-dessus. On finit donc par passer un coup de fil au Surcouf, resto-bar qui ne livre pas, mais sert des plats pour emporter : quatre homards avec riz, croûtons et beurre à l'ail, prêts dans une demi-heure. En attendant, Lidz est assis à table et rédige seul en silence sur son portable un texte fielleux qu'il publiera plus tard afin de régler ses comptes une fois pour toutes avec sa Rianne. Il pousse à l'occasion un gloussement satisfait ; on le sait alors fier de sa tirade, mais on ne lui pose pas de questions là-dessus, de peur d'ouvrir des valves qu'on ne saurait refermer. Marco prépare le feu, l'air complètement vidé, tandis que moi et Lautre, on est étendus sur le lit devant

Anne-Marie Dussault qui discute casseroles et premier sinistre avec Alec Robitaille et Antoine Castonguay.

Deux quinzaines passent, et Lau m'accompagne dans la bagnole pour aller chercher le repas. Ça tombe bien, d'ailleurs ; c'est le moment précis choisi par Lidz pour nous déclamer sa missive. Nous, on est forcés d'y aller parce que les homards sont prêts, mais Marco, en vrai bon Canadien français, doit s'occuper du feu qu'il a fait jaillir dans l'âtre et n'a pas le choix de rester pour l'écouter.

On passe d'abord par l'épicerie, à la demande de Lidz, qui réclamait de la bière, des chips et de la sève de wallaroo, puis on roule jusqu'au Surcouf, où nous attendent les quatre bestiaux fraîchement tués à gros bouillons. En réglant l'addition, on parle un peu au tenancier de l'endroit, bonhomme dans la mi-quarantaine, plutôt réservé mais sympathique, et on lui apprend l'existence du grand Djibi d'Amérique. Il répond qu'en effet, il a servi la veille un étranger correspondant à notre description, mais qu'il ne sait pas où il loge. Sous toutes réserves, il ajoute ne pas être certain s'il s'agissait de lui ou non ; le visiteur n'était pas très jasant. On remercie le tenancier – un dénommé Albert – et on lui dit que non, on ne veut pas qu'il avertisse Djibi qu'il y a des gens à sa recherche au cas où il reparaîtrait dans son établissement. Dans l'état d'esprit qu'on lui suppose, il serait bien capable de rentrer en panique à sa chambre pour y prendre ses cliques, ses claques, la poudre d'escampette et la clé des champs tout à la fois. Mieux vaut ne pas trop l'effarou-cher ; on finira bien par tomber sur lui, et comme la température de demain s'annonce clémente, l'idée de flâner sur une terrasse en attendant qu'il vienne se jeter dans la gueule du nous n'apparaît pas des moins tentantes.

On paie la note et on rentre au chalet, où le hipster et le douchebag sont avachés sur le lit, visiblement crevés, Lidz, télécommande en main, et God inerte, les bras le long du corps. Pautits-hommes, ils sont après mourir de faim. Quatre Heineken dans le congélateur, et on s'installe à table pour casser la croûte des crustacés. Pendant plusieurs minutes, on entend rien que le bruit des pinces qui craquent et de la chair que Marco mâche la gueule ouverte. Ce n'est pas comme si on ne lui avait jamais dit qu'on haïssait ça, l'entendre mastiquer. Une chance qu'il a sa belle face de vedette pour compenser, parce que c'est le genre de choses qu'une fille remarque un soir de premier rendez-vous. Lau brise le malaise d'avoir à subir ses bruits de bouche sans autre fond sonore :

— Pis, Indiana, tu te promènes-tu toujours avec une lame ?

Lidz lève la tête de son homard brisé, esquisse un sourire :

— Non, pas toujours. Juste quand j'ai un mauvais pressentiment.

— Ah, OK, c'est rassurant. Pis tu fais ça depuis longtemps, ou ben c'est juste un autre trip parano ?

— Héhéhé ! J'te le dis pas, Lolo. Faut ben garder un peu de mystère.

— Pis à quoi ça te sert, en général, à part achever des animaux sur le bord de la route ? je lui demande.

— Ben, disons qu'une lame, ç'a un pouvoir dissuasif dans certaines situations.

— Par exemple? demande Lau, sourcils froncés.

Marco s'en mêle, la bouche toujours à moitié pleine – ou à moitié vide, selon la perspective :

— Moi, j'suis sûr que tu traînes ça depuis qu'y a trois blacks qui t'ont pogné à la sortie du Saint-Sulpice.

Lidz se renfrogne. Il déteste quand on lui rappelle des événements où il aurait voulu se montrer plus fort.

— Ben non, ç'a rien à voir, Dieudonné, tu le sais ben, je chasse avec mon oncle depuis que j'suis tit-gars. J'ai toujours aimé ça, les couteaux.

— T'es en train de me dire que tous les chasseurs traînent des couteaux sur eux? Cibole, ça va être beau si on perd le registre des armes à feu…

— Fais pas semblant de pas comprendre…

Lau en rajoute :

— Ouais, tant qu'à ça, pourquoi tu te promènes pas avec un gun sur toi? C'est encore plus dissuasif, pis tu vas bientôt avoir le droit.

Lidz pose sa carcasse de homard dans l'assiette, s'essuie les doigts nerveusement. Il y a une coche qui est en train de péter au fond de son crâne, je le connais.

— Qu'est-ce qui te fait croire que j'en ai pas, de gun, sur moi? Tant qu'à moi, y aurait pas de mal à ça, même que ça serait quasiment souhaitable que tout le monde

s'arme, avec la merde qui va pogner dans les prochaines
années.

Hum, ça commence à sentir la manie. God écarquille
les yeux :

— Attends, quelle marde qui va pogner? J'ai manqué
un boutte, j'pense...

— Ben oui, reprend Lau, le système qui s'écroule, les
migrations climatiques, les conflits mondiaux, le chaos,
bref, il faut s'armer. C'est ça?

— Tu veux encore qu'on ait ce débat-là, Lolo, t'es sûre?
Ça va arriver, pis plus vite qu'on pense, tout ce que tu
viens de dire avec un p'tit sourire pour m'écœurer. On
est nés à une époque tellement tranquille qu'on a fini
par oublier que l'être humain, c'est une espèce tordue
qui viole pis qui tue dès que son confort est un peu
menacé. Pis quand ça va péter pour vrai, là, quand les
gens vont essayer de reprendre ce que les banquiers
leur volent depuis des décennies, ben, tu peux être sûre
que c'est pas dans la douceur que ça va se faire, parce
que l'inertie, c'est une force, pis c'est elle qui a l'armée
de son bord.

Je ne sais pas trop si Lau trouve ça plus drôle que triste
ou bien l'inverse, mais elle s'acharne à faire sortir les
grosses bébittes que Lidz essaye de cacher au fond de
sa tête :

— OK, faique si je te comprends bien, quand l'armée
va débarquer, tu vas te sentir plus en sécurité si t'as
ton gun? C'est ça, ton raisonnement? Pis d'ici à ce
qu'on tombe en plein chaos, ça t'inquièterait pas plus

qu'il faut de savoir qu'y a plein de gens armés partout autour de toi?

— J'aime ben mieux ça que de faire partie d'une population de moutons sans défense... Pis savoir que toutes les armes sont du bord du pouvoir, en tant que tel, c'est pas plus épeurant? J'me sens plus proche du peuple que du pouvoir, personnellement... j'sais que c'est pas un argument ben populaire auprès de la go-gauche molle pis de ceux qui ont jamais touché à un crisse de fusil de leur vie, mais tu le sais ben que ce qui est dangereux, c'est pas le fusil, c'est quand y est entre les mains d'un gars qui va pas ben.

— C'est en plein ça qui m'inquiète en ce moment, réplique Lau. Pis c'est la même affaire pour les couteaux.

Adieu, soirée tranquille. Lidz passe au rouge. C'est tout dire du pouvoir qu'exerce Lau sur lui.

— Comment ça? De quoi tu parles?

— Tu le sais ben, fais pas l'innocent.

— Non-non, je joue pas aux devinettes, moi, t'as l'air d'avoir des choses à dire, ben, dis-les, câlice, je t'écoute!

— OK, d'abord, j'ai un jeu pour toi. Tu peux-tu juste me raconter ta nuit d'hier?

Impression subite de manquer d'air. God et moi, on écoute en silence, dans l'attente de ce qui va suivre. Il a même arrêté de mâcher pour l'occasion.

— Ouais, mais juste si tu me racontes la tienne.

Le regard de Lau crache deux éclairs. Il a deviné lui aussi, pour elle et God ; certaines choses crèvent les yeux, même en plein black-out éthylique.

— Ç'a rien à voir, franchement...

— On a toutes notre côté sombre, Lolo, pis ça serait le fun que tu l'oublies juste un peu moins souvent.

Il se lève de table, laisse là ses restes et sort en claquant la porte. Ça lui arrive, Lidz, des fois, quand il a l'impression que l'univers lui tombe dessus. Tant mieux. Ça sera plus calme à soir de même.

L'ordinateur de Lidz gémit des langueurs de savane. Souffrant sax d'André Leroux. Assis devant le feu qui frétille fort, on n'est pas trop jasants. Clopes et goulots de verre vert entre nos lèvres sans grand désir de quoi que ce soit. Brûlés. Chaque périple a son mur ; on vient de frapper le nôtre. L'odeur du sexe évanescent de la magnifille d'hier soir sur les doigts, j'observe Lolo du coin de l'œil sans qu'elle s'en doute et je la trouve belle, assise en Indienne devant l'âtre avec ses bas de tite-fille et ses jeans jalousés parce qu'ils sont collés sur sa peau. God joue dans le feu en homme, en vrai, et Lau s'en émerveille chaque fois qu'il tourne une bûche, chaque fois qu'il ressuscite les flammes en soufflant sur les braises en agonie. « Wow », c'est le bruit qu'elle fait chaque fois, et moi, je lui en veux chaque fois de ne pas être une autre. Actrice qui en met trop, tout le temps, et à travers laquelle je lis trop bien pour ne pas être un peu blasé de ses nombreuses incarnations.

Je vais chercher *Les Démons* avec mon surligneur et me rassois, les jambes croisées. Y en a marre d'être le témoin de ces rapprochements qui n'étonnent plus personne. Cassez chacun de votre bord, pis matchez-vous une fois pour toutes, qu'on sache au moins à quoi s'en tenir, au lieu d'avoir toujours à se demander si vous aimeriez mieux qu'on vous laisse tuseulensemble.

— Ça te brûle pas quand tu prends les bûches comme ça?

— Non, c'est correct.

Deux trois coups de tison, une bûche carbonisée se fend sous celle que God vient de plonger au cœur des flammes, et les yeux fatigués de Lau scintillent. Plus sûr du tout qu'elle veuille encore passer la nuit dans le même lit que Lidz.

— J'ai rêvé à Djibi, la nuit dernière.

Ah ouais, vraiment, Lolo? C'est ça que t'avais en tête pendant que t'étais dans les bras de God?

— C'était bizarre, poursuit-elle, fixant les flammes sans en dire plus, pour mesurer notre désir de l'entendre tout raconter.

Marco se rassoit, prend une gorgée de bière, tombe dans le piège :

— Il se passait quoi?

— J'sais pas, c'était bizarre. J'ai pas vraiment envie de raconter, en fait... J'aime pas trop ça, partager mes rêves, je trouve jamais les bons mots, pis ça m'enrage, ça donne jamais une bonne idée de ce que c'était...

— T'as surtout peur de t'exposer, moi, je pense.

C'est sorti tuseul, fatigue oblige, et, bien évidemment, Lolo n'apprécie pas ma théorie.

— Ben non, ça me dérange pas de m'exposer, Elpé, franchement, j'suis jamais aussi heureuse que quand je m'expose, tu le sais ben.

— T'es pas toi-même, sur scène, tu joues un rôle, y a pas meilleur moyen de se cacher.

— Quand tu joues un rôle, t'es loin de te cacher, tu te vides les tripes pour trouver ce qu'y a d'enfoui, tu grattes toutes les p'tites places sensibles, t'essayes de t'avouer tout ce que tu t'avoues pas le reste du temps, quand t'essayes de jouer ton rôle de «personne vraie».

Je n'ai pas trop envie de m'obstiner, alors j'acquiesce :

— Ouais, OK, vendu. Faique t'as rêvé à Djibi?

— Ça m'arrive souvent depuis la mort de Gab. À chaque fois, je me réveille, pis je pense à lui toute la journée... Ça m'obsède, j'avoue, pis j'ai aucune espèce d'idée comment on peut se remettre d'une affaire comme ça.

Encore une fois, quoi dire? Câlice, quoi dire?

— Aucune idée, laisse tomber Marco.

— Faut trouver Dieu, sinon tu t'en sors pas, je réponds.

— Ouain, j'suis pas trop fan des beaux mensonges qui rassurent, tu me connais.

— Bah, c'est facile à dire pour nouzautres, tant que ça va pas trop mal, mais si un gars perd toute sa vie d'un coup pis qu'il reste pogné tuseul au monde, ben, s'il vient me dire après qu'il se serait tiré une balle s'il s'était pas mis à croire au tit-Jésus, je lui dis : «Bravo, continue de même, si c'est comme ça que tu restes en vie.»

— Pas sûr, fait God. Moi, en tout cas, s'il faut que je me mette à halluciner que Jésus me parle pour garder le goût de vivre, j'aime autant aller le rejoindre tusuite.

Lau approuve distraitement, les yeux dans le vague tournés vers les flammes qui crépitent :

— Ouais, tant qu'à vivre dans l'illusion...

L'illusion, Belle-Lau, elle est partout, elle te voile ta belle-tite-face à toi aussi.

— C'est facile à dire, de même, du haut de notre tit-bonheur tranquille, c'est facile d'avoir des principes, quand y a rien de violent qui vient les ébranler, mais concrètement, moi, j'aimerais ben mieux retrouver Djibi dans sa chambre de motel avec une Bible sur sa commode qu'effoiré dans son bain, les veines ouvertes.

Lau grimace :

— Je lui souhaite tellement de bonheur, en plus... Y a pas une once de méchanceté dans ce grand-gars-là.

— Ouais. C'est juste dommage que le hasard s'en sacre.

La veillée ne s'est pas éternisée; on avait la mèche courte et on était détruits, alors on a choisi de brûler la chandelle par un seul bout. À minuit, donc, c'était dodo pour tout le monde, sauf pour Lidz, qui est allé rejoindre Laurence dans leur chambre aux tites-heures du matin, après avoir pris quelques verres dans deux tavernes plates à mourir et grillé un joint dans la brume. C'est en tout cas ce qu'il nous a dit le lendemain, à l'heure du dîner, quand il est venu nous rejoindre sur la terrasse du restaurant Café champêtre, où on a déjeuné à l'ombre d'un parasol à l'effigie du roi de la bière. Entre Lidz et Lau, aucun malaise palpable; c'est dans leurs habitudes de s'accrocher. Ils s'envoient leur venin chacun leur tour, s'essuient la face et passent à autre chose; ça ne laisse jamais grand traces et c'est un peu dommage; on peut apprendre énormément des engueulades entre amis.

Plan de match pour la journée : on se sépare en deux duos; l'un fait le guet sur la terrasse, à l'affût du passage éventuel du grand Djibi, tandis que l'autre se livre au tourisme pendant deux heures, puis on alterne. Ensuite, on soupe à La Maison du Pêcheur, et pour finir, on verra bien; rien de prévu pour le moment. Dès qu'on a évoqué l'idée de se séparer, Lau a tusuite déterminé qu'on serait ensemble, elle et moi, sans laisser place à l'argumentation. Ça m'a flatté un peu, mais j'ai tellement goûté aux froids qui suivent chacune de ses chaleurs que j'ai depuis longtemps cessé de croire à ces dernières. Elle fait ça pourquoi? Aucune idée. Je n'essaye plus de la comprendre ; ça m'épargne autant de haut-le-cœur que de maux de tête, et ça réduit ma consommation de Grolenol extra forts. Elle va sûrement me répéter qu'elle s'ennuie de ce qu'on était avant, tous les deux, c'est-à-dire tout ou presque, l'un pour l'autre. On aura sûrement du plaisir, aussi, ensemble, tuseuls comme ça ; on en a toujours eu. Pis coudon, ce sera mieux que d'être pogné pendant quatre heures avec un Lidz en pleine manie.

On laisse Godard, qui semble un peu troublé par le choix de notre comédienne, avec le lézard sur la terrasse du restaurant, puis on se rend, moi et Lautre, jusqu'à la plage menant au rocher. On s'est dit qu'on prendrait à 14 h le bateau pour faire le tour de l'île Bonaventure ; ça nous laisse près d'une heure pour mettre la main sur les parois du géant de roche, si la marée est assez basse. Arrivés dans le sable parsemé de coraux morts pris d'assaut par des milliers de tites-mouches avec de la faim plein les ailes, on reste muets, comme s'il y avait trop de choses à dire pour en choisir aucune. Rocher qui se profile au loin.

— C'est beau, hein ? s'émerveille Lau.

— Ouais.

C'est face aux phénomènes impénétrables que l'être humain ressent le mieux toute l'impuissance de son langage, et cependant, il n'y peut rien, il doit parler.

— Je me sens toujours conne devant le sublime, reprend Lau, qui me lit dans la tête, c'est sûr.

— C'est parce qu'y a rien à comprendre là-dedans, c'est tout. Le sublime, c'est un avant-goût de ce qu'y a ailleurs, des autres mondes qu'on connaîtra sûrement jamais.

Elle me dévisage, sourcils froncés, pas certaine si je la niaise ou non.

— T'es-tu viré croyant, coudon?

— Je l'ai toujours été. J'suis un romantique, moi, je crois à la Beauté avec un grand B.

Je lui désigne du doigt, à notre droite, la paroi rocheuse du mont Joli, tout en arc-en-ciel d'érosion, en bordure de la plage, qui s'élève un peu plus à mesure qu'on s'approche du rocher.

— Wow. J'dirai rien, sinon je vais me sentir conne, pis j'haïs ça.

Je souris. C'est vrai qu'on a du fun ensemble. Elle s'avance près de la paroi, passe les doigts sur les lignes tracées par le temps à même le roc. On se sent petit, parfois. Elle me sourit, les yeux mélancoliques, et on se remet à marcher.

— Mouais... j'suis pas sûr qu'on va pouvoir aller jusqu'au rocher, aujourd'hui. Il est un peu tard, regarde, la marée a déjà monté.

— Oh non, j'voulais y toucher...

Tite-fille. Entre le rocher et la plage, au pied du mont Joli, la moitié de la distance, à mi-parcours, baigne dans l'eau du golfe. Reste à savoir si on veut se mouiller les pieds dans l'eau froide, voire les genoux et peut-être bien les cuisses. La marée peut monter vite. On y est. C'est là que ça se passe. Je la fixe, en attendant de voir ce qu'elle veut faire. J'irai pas tuseul, c'est sûr; on y va tous les deux ou pas pantoute.

— T'es-tu prête à te mouiller?

— Quand tu veux, beau brun.

Elle se penche pour retirer ses Converse jaunes sans chevilles, mais je la préviens qu'avec toutes les tites-roches pointues qui se cachent sous l'eau, d'ici au monstre multimillénaire, elle est aussi bien de les garder. Je m'assois sur une grosse pierre plate, j'enlève mes bas, les mets dans mes poches, remets mes souliers et roule mes jambes de pantalon à la hauteur des genoux. Lau m'imite, sauf qu'elle n'a pas besoin de rouler ses shorts, qui sont déjà bien assez courtes. C'est elle qui marche devant, sur le mince chemin de roches sèches tracé par la marée, elle se retourne et me sourit. Rien à dire dans des moments pareils. Moi, je me contente de lui zieuter les jambes et de m'imaginer ce que ce serait de les avoir serrées autour de moi. Souliers dans l'eau frisquette, on avance et ça nous monte jusqu'aux genoux, puis ça descend un peu rendu à deux trois dizaines de mètres de notre belle grosse roche à trou.

— Penses-tu qu'on va pouvoir marcher jusqu'à l'arche? me demande Leau sans se retourner.

— J'sais pas, on essaiera. Au pire, on nage en s'en revenant.

— T'as-tu ton linge chauffant?

Canards voguant non loin de nous qui me donnent faim. Roches sèches sur le bord du rocher, multicolores au pied de l'eau verdâtre. Lau en ramasse plusieurs, les examine. Je la dépasse et vais rejoindre la paroi de roc, qui me surplombe de tous ses millions de tonnes. J'y pose ma main d'homme éphémère pour me rappeler que je ne vaux rien. Ça fait du bien, parfois, de se savoir inexistant ; ça remet les idées en place.

Je m'effoire sur une roche, à quelques mètres de Leau, qui lance des galets sans parvenir à les faire ricocher. Si c'était n'importe quelle autre fille sur terre, j'irais l'attraper par la taille pour l'embrasser, mais comme c'est elle, je ne bougerai pas, sinon pour sortir un cigare de ma poche.

On n'a pas fait le tour du rocher ; l'eau montait trop, elle était froide, et on n'est plus jeunes-jeunes pour des folleries pareilles. On est plutôt revenus s'asseoir au pied de la falaise du mont Joli, face à la plus grande merveille du Québec après Céline. On reçoit des cailloux dans le dos de temps en temps, on se demande si c'est dangereux de rester là, on reste quand même et on se dit qu'on est pas mal sexe, drogue et rock'n'roll. On se rappelle qu'on n'a pas pris nos cellulaires, ça me fait penser à *127 Hours*, et j'évoque tout haut ce qu'il pourrait nous arriver de pire, comme une grosse roche qui se détacherait d'au-dessus de nos têtes et qui viendrait nous écraser chacun une jambe, une pierre deux coups. On resterait coincés longtemps, et puis on serait quand même sauvés par Lidz et God, qui savent à peu près où on se trouve, alors ce ne serait pas vraiment le pire qui peut nous arriver. Non, le pire, ce serait plutôt... Je me mets à développer sur la question, mais Lau m'arrête, elle veut plutôt qu'on parle de James Franco et du fait qu'il est vraiment sexe, alors moi, je lui réponds que oui, mais pas autant que Magalie Lépine-Blondeau, puis on finit tous deux par préférer parler de rien – parce qu'elle la connaît bien et qu'elle en a ras le cassse d'entendre ses amis de gars se pâmer dessus. On regarde droit devant sans dire un mot, et les minutes se déguisent en secondes. J'en oublie même Karine et Karolanne; c'est ça, le problème, avec Laurence.

— Ça me manque, ça, Louis.

Je le savais qu'elle finirait par en arriver là. Vite, jouer à l'épais. Masquer ce qui compte sous une bonne couche de dérision.

— Quoi?

— Les petits moments pas compliqués comme ça, où on se comprend sans dire un mot.

Si c'était n'importe quelle autre fille sur terre, je serais sûr qu'elle trippe sur moi. Mais je la connais trop bien, Laurence, depuis l'enfance. C'est un grand frère qu'elle veut, ça ou un ami gay; toutes les filles rêvent d'en avoir un, à la Éric Bernier, avec qui se coller devant un film en pyjama sans risquer qu'un afflux sanguin vienne tout gâcher.

— Ouais, c'est une belle journée.

— On en avait souvent, avant, des moments de même. Je m'ennuie de ça, je t'avoue... je m'ennuie de nous deux.

— Ben, la vie change... avec le travail, la vie de couple, tu sais ce que c'est... y a ben du monde que je vois pas aussi souvent que j'aimerais, depuis la fin du bac...

Rester faux, surtout, juste en surface, en général, ne pas plonger dans ce qui fait mal, ce n'est pas le moment, et puis ce ne le sera jamais, faut bien finir par se l'avouer.

— J'sais ben, Louis... pis le pire, c'est qu'on s'était promis de jamais laisser la vie nous faire un coup de Jarnac comme ça.

— On se pense toujours exceptionnels, quand on est jeunes. Pis on finit par tomber dans les mêmes patterns que nos parents pis leurs ancêtres, à peu de choses près.

— C'est sûr, on est pas spéciaux... mais y a quand même des amitiés qui valent la peine, dans une vie, pis je pense qu'il faut faire des efforts pour les garder. J'aimerais ça qu'on se voit plus souvent, Louis, qu'on aille prendre un café, des fois, l'après-midi, comme dans le temps du cégep. Se voir une fois tous les six mois, c'est pas assez, je veux pas qu'on perde ce qu'on avait... c'est trop précieux pour moi.

— OK, on fera des efforts.

Elle tend les bras, se serre contre moi; moment que j'aurais dû chercher à fuir plus fort. Y a pas de fille plus douée qu'elle pour me virer l'âme à l'envers. En guise de montagnes russes, j'aurais préféré celles de Lidz.

Des milliers d'oiseaux blancs, ceux d'Anne Hébert, en éternel essaim, glaçage stellaire sur les parois rocheuses de l'île Bonaventure, des milliers de fous de Bassan et nous, tuseuls et vulnérables, flottant sur cette immense étendue d'eau, nous qui ne sommes rien et qui avons tendance à l'oublier, pris au milieu de nos gratte-ciel.

— Y en a plus de cent mille, nous lance Johnny, le capitaine, qui se veut aussi guide touristique. C'est la plus grande colonie au monde.

Intéressant, mais je m'en serais bien passé. On est tuseuls avec lui, alors on se dit qu'on devrait lui répondre.

— Ah ouais? Wow…, s'extasie Lau, beaucoup trop intense.

Ben oui, que dire d'autre? Tout ce qu'on sait de ces oiseaux-là, nouzautres, c'est ce qu'on a lu dans une fiction tordue et le fait qu'ils ont une certaine ressemblance avec les mouettes de nos McDo. Je les observe, sans dire un mot; on est de trop dans le paysage. Cherchez l'erreur; c'est nouzautres.

Je confie à Laurence que ça me rappelle Hitchcock. Elle se tourne vers moi, cheveux soufflés dans ses yeux-perles par la brise marine, et les repousse en souriant, sourcils froncés :

— T'as un film tordu en tête pour chaque situation de la vie courante, coudon?

— Ouais, pis un proverbe, aussi.

— OK, pis là, c'est lequel?

— C'est un secret.

Viol du cerveau. Elle part à rire.

Retour à la terrasse du restaurant Café champêtre, où on retrouve notre douchebag et notre hipster préférés. Bizarre d'alliage, quand même. On ne devinerait jamais qu'ils sont profs de français et encore moins qu'ils sont amis s'ils n'étaient pas assis ensemble à la même table. Le lézard, barbe noire d'au moins dix jours jusqu'à sa pomme de Lidz, caché derrière ses lunettes fumées opaques style policier des années soixante-dix, chemise carreautée rouge et noir ouverte sur une camisole blanche d'où son shaggy dru sort, jambes croisées dans son pantalon serré, souliers Converse noirs, penché devant son portable ouvert, la cigarette entre les lèvres, il a du style quand même et c'est vrai qu'il a presque l'air gay. Marco, lui, il a l'air d'un gros pompier d'Homa qui joue au hockey-balle dans ses temps libres, s'entraîne, se fait bronzer, s'épile le corps au grand complet et va clubber dans le DIX30 la fin de semaine avec un t-shirt fuchsia moulant au col en V. Preuve qu'il ne faut jamais se fier à la peau de l'ours.

On s'assoit avec eux. L'air du large, faut croire, nous a rassérénés, mais eux, ils n'ont pas l'air de trop bon poil.

— On n'a pas vu la grand-affaire, pis il se passe crissement rien, icitte, se plaint Lidz. Ça doit être déprimant, l'hiver, un trou mortel de même…

La tite-madame qui sert aux tables a le coin de l'œil saisi par la remarque.

— Coudon, qu'est-ce tu lui as fait, Marco, pour qu'il soit bête de même? demande Lau.

— Moi, rien, j'ai lu pendant deux heures. C'est lui, là, qui est encore allé se mettre en crisse en jouant au troll sur la page Facebook de la CLASSE pis du Parti libéral.

Lidz décroise les jambes, se cale dans son siège et se passe la main dans les cheveux en soupirant :

— Il s'écrit tellement de niaiseries, à tous les jours...
je vous dis qu'il faudrait pas que j'm'enfarge dans une
caisse de dynamite.

Je m'assois entre God et Lidz, jetant un coup d'œil au
portable de notre homme d'excès :

— Toutes des terrorissses. Ils peuvent ben avoir Omar
Khadir comme chef.

Lau s'assoit devant moi :

— Décroche don, Lidz, on est ici pour ça aussi, tu penses
pas ? Ça te sape pas mal d'énergie, ces niaiseries-là.

— Ces niaiseries-là, comme tu dis, c'est un combat de
front qui est nécessaire, dans le monde d'aujourd'hui,
c'est une lutte pour l'espace qui est vitale. Si tu laisses
l'autre empiéter sur ton territoire, tu te fais bouffer,
c'est tout, c'était comme ça à l'âge de pierre, pis c'est
encore de même à l'ère du numérique.

— OK, je comprends, mais tu peux quand même prendre
un tit-break pour trois quatre jours. Tu recommenceras
à troller quand on sera rentrés à Montréal, c'est tout...

— Le monde arrête pas de tourner parce qu'on est loin
de ton Réal, ma Lolo.

La serveuse nous salue, apporte le menu, et je demande
à Lidz, qui se lève de table, s'il peut nous laisser son
ordi pendant qu'ils seront partis, Godard et lui. Ça lui
fait plaisir, et à moi aussi. J'ai bien envie d'aller voir
comment il a tourmenté les méninges de ses semblables
pendant les dernières heures. J'ajouterai aussi Karolanne sur face de bouc.

Hamburgers, frites et bière d'après-midi finis. L'heure du café. Lautrice griffonne sur son calepin, tapote du stylo contre ses lèvres – maudit stylo chanceux –, les yeux songeurs, elle laisse venir à elle le flux inspiratoire pour le chantier de son prochain projet de pièce ; elle n'arrête pas, Lolo, ou très rarement, et je l'admire beaucoup pour ça – j'étais pareil, à l'époque de Karine.

J'ai attendu qu'elle aille aux toilettes pour chercher Karolanne sur Facebook, question de ne pas devoir lui parler d'elle. Des Karolanne Boyer, y en a que trois, et une seule belle tite-blonde hipsteuse. Profil limité – signe d'intelligence ; va falloir patienter avant de faire le tour de ses photos – celles de plage et de partys entre amies de filles, toujours mes préférées – et de ranimer les souvenirs charnels de l'avant-veille. Invitation lancée. À suivre. Maintenant, la page de Lidz pour rire un peu. Photo de profil de lui derrière son masque de Gérald Tremblay, dans une manif, carré rouge au t-shirt et pancarte de Richard Martineau affublé d'un nez de clown sur son épaule. Il est intarissable, le lézard ; son mur est tapissé de haut en bas d'images et d'articles en lien avec la grève étudiante. Ici, une citation de Bertolt Brecht : « On dit d'un fleuve emportant tout qu'il est violent, mais on ne dit jamais rien de la violence des rives qui l'enserrent. » Plus haut, image de l'oie spéciale, mauve avec des pois jaunes, en patins à roulettes, avec un chapeau en forme de crabe, qui se demande : « Pourquoi tout le monde parle de moi ? » Puis, un lien vers un article du blogue de Jean-François Lisée (son obscur oncle présumé), intitulé *La tyrannie de la minorité*, avec en exergue : « Le raisonnement d'André Pratte mène à la conclusion suivante : "Le gouvernement libéral ne représente que 42 % des voix exprimées lors du scrutin de décembre 2008. Dans la totalité de l'électorat, 58 %

des gens ont donc voté contre les libéraux. Enfin, le Québec comptant 5 540 000 électeurs inscrits, et puisque l'abstention a été massive lors de l'élection, l'appui populaire du gouvernement libéral constitue moins de 24 % de l'électorat québécois. Pourquoi cette minorité devrait-elle dicter les décisions de l'État ?"» Ici, une vidéo de la brutale policière 728, titrée *Constable 728 : A Star is Born*; là, les images du poivrage de la terrasse du Saint-Bock, et puis, en haut, un lien vers le site de CUTV. Je fouille mon fil d'actualités, à la recherche de controverses. Tiens, ça pourrait ressembler à ça : *JS Lisée a commenté la photo de Mouvement des Étudiants Socialement Responsables du Québec.* Bang. Dans le mille. Je clique sur le lien, qui fait surgir à l'écran une photo d'un GND levant le bras droit en l'air, affublé d'une moustache à la Charlie Chaplin. Au bas de l'image, les mots *SEEMS FAMILIAR ?* en caractères gras dur. Pas trop surprenamment, 27 personnes aiment ça. Un carré rouge commente pour protester, mais un certain Seb Lamarre, celui-là même qui a publié la photo, répond qu'Hitler a commencé exactement comme ça, qu'il faut s'ouvrir les yeux pis remettre à leur place les tits-crisses de communissses de la CLASSE qui veulent plonger le Québec en faillite.

JS Lisée @Seb Lamarre : sérieusement, cours t'acheter des livres d'Histoire pis vite, t'es dangereux, épais de même. *– 2 personnes aiment ça.*

J'aime ça itou – faut bien l'encourager un peu.

Seb Lamarre lol Lisées, t'es sur que cest pas JF ton nom ? ti coune de gauche qui veut nous mettre encore plus dans marde quon est déja – *8 personnes aiment ça.*

JS Lisée @Seb Lamarre : Ouais, haha, non. Comme je te dis, va lire un beau tit-livre avec pas trop d'images dedans, pis après ça, toutigarçon, on va jaser des différences qu'il y a entre GND, Hitler pis les communisssssss, pis mononc' Lisée va t'expliquer c'est quoi, en gros, un point Godwin, pis pourquoi je t'en donne 28 drette là. – *3 personnes* (dont moi, encore) *aiment ça.*

Seb Lamarre LOL pasbesoin d'être docteur pour comprendre qui en as qui veuletn crisser le Quebec a terre. – *16 personnes aiment ça* (hallucinant).

Bref, c'est pas parce qu'on a toute l'information du monde à la portée de notre portable qu'on est nécessairement bien informés. Lidz, il fait ça plusieurs heures par jour, combattre la bêtise, et je ne suis pas certain qu'il gagne, mais si ça peut au moins semer la graine du doute dans des caboches trop sûres d'elles-mêmes, ce sera déjà comme une petite victoire.

— Tu fais quoi? demande Lau, qui me voit sourire.

— Je regarde les niaiseries de Lidz sur Facebook.

— Eh boy… t'as du temps à perdre… Qu'est-ce qu'il dit de bon? Il s'engueule encore avec tout le monde sur toutes les pages possibles?

— Ouais, pis il distribue des points Godwin.

— À la tonne, j'en doute même pas.

— Je vais aller voir son blogue. Ça me fait toujours rire.

— Je trouve pas ça drôle, moi. On dirait qu'il fait tout pour se rendre malheureux, pis à le voir aller, j'suis

sûre qu'on le ramasse à' tite-cuiller dans une aile psychiatrique d'ici une couple de mois.

— Y a des chances… qu'est-ce tu veux faire?

— Rien. Je le sais ben qu'on peut rien faire, Louis,
c'est ça, le pire.

Ma Rianne pis les vraies zaffaires
Par JS Lidz

Ma Rianne, ma belle Rianne, on va se les dire, les
vraies zaffaires. Paul Arcand pis Mario 360 ont
pas encore le monopole de t'ça, aux dernières
nouvelles, ça fait qu'on va se les dire, si tu veux
ben, pis même si tu veux pas pantoute. Si tu veux
pas, t'auras rien qu'à dire à tout le monde que
t'as pas lu mon texte de marde, t'auras rien qu'à
mentir, comme d'habitude, pis tous les gars qui
rêvent la nuit de te défoncer (comme moi, ben
oui, je plaide coupable) vont faire semblant de te
croire. La vérité, ma pauv' tite Rianne, c'est que
t'es une hypocrite, pis que j'aurais dû le voir avant.
J'aurais dû voir que t'écrivais pour te placer, pour
que tous les spotlights jaillissent sur toi, que
t'étais pas là pour le Vrai, que tout le Vrai qu'il y
a en toi – tes tripes, tes tits-bobos d'enfance, tes
névroses pis tout le reste –, tu le transformes en
Faux dès que ça sort, dès que t'essayes de coucher
ça sur du papier. T'essayes de devenir BIG
– hostie – sur le dos de tes bébittes, t'essayes de
les rentabiliser, de les tourner à la mode, façon
trash, parce que c'est de plus en plus mainstream,
le trash, pense à Lisa Leblanc pis Adamus, ils font
des beaux bidoux là-dessus, mais ton problème, à

toi, c'est que t'es fausse, pis ça, le monde y zaime pas ça. Y te le dira pas tout de suite, le monde, ça paraîtra pas ben ben, pour commencer, mais ça se parle quand même de toi quand t'es pas là, pis ça le sait que t'es une phony(e), pis un m'ment 'nné, ben, t'es p'us dans' gang, pis c'est toute, pis c'est tant pis pour ta gueule. Un m'ment 'nné, Jean Barbe, y va t'avoir fourrée (si c'est pas déjà fait, disons que je miserais pas un brun contre ça), pis ça te donnera plus rien de continuer à y tourner autour pour te ploguer. Un m'ment 'nné, ça va se rendre compte, autour de toi, que ta p'tite game de fausse pouétesse engagée, que ton désir crié sur tous les toits de contribuer à FERMAILLE (tsé, la gang de jeunes auteurs que tu trouves teeeeellement bons pis prometteurs – *hein, n'est-ce pas, monsieur Barbe, qu'ils sont teeeeellement bons pis prometteurs? Et puis, est-ce que je peux être votre amie sur Facebook, monsieur Barbe? Allez, dites oui, siou plaît*), ben, tout ça, le monde y vont (ouais, j'accorde ça comme ça, ici, c'est un caprice d'auteur, et pis après?) s'en rendre compte, pis y vont te laisser jouer toute seule à ta tite-révolution de surface de pauv' tite-fille blasée du Mile End, sachant que t'attends juste la prochaine vague qui passe pour câlicer ton camp pis couchailler avec d'autre monde qui sont plus zimportants.

C'est tout, c'est fait, j'avais rien que ça à ajouter sur la montagne de nos vacheries, c'était rien que ça, mes vraies zaffaires, ma crisse de belle Rianne. T'auras pas besoin de me répondre, parce que mon texte, tu t'en câlices, pis d'ailleurs tu l'auras même pas lu. C'est ben correct, je comprends ça,

c'est plus facile de même. Jeune femme moderne.
Forte. Qui sait ce qu'elle veut pis comment l'obtenir.
Au pire, quand on se recroisera dans une manif,
je te résumerai tout ça. Pis toi, t'apporteras ta
planche de surf.

Ben coudon, je m'attendais à pire. Son dernier billet
adressé à sa Rianne sur *L'Abominateur* était au moins
cinq fois plus long et tout aussi venimeux. C'est peut-
être le voyage qui le fatigue, ou bien c'est simplement
qu'il est en train d'en avoir marre et de faire son deuil,
comme tout individu normal aurait déjà fait le sien depuis
longtemps. C'est rare qu'une fille le travaille autant,
faut dire, et celles qui veulent de lui ne l'intéressent
pas. Individu complexe.

Lau ferme son calepin, pose son crayon sur la table et se
tourne vers moi. En croisant les jambes, elle m'effleure
le mollet du soulier.

— Excuse-moi, dit-elle en reculant un peu sur sa
chaise.

— Ouais, que je te voie me toucher, toé...

Elle rit, un peu beaucoup par malaise, et puis retrouve
son air sérieux.

— Tu veux des enfants, toi, plus tard ?

Eh, ciboire. Pas trop envie de parler de ça, moi-là, pas
en plein deuil de l'autre, et avec elle en plus.

— Ben... c'est-à-dire que oui, j'en voulais... on en voulait,
Karine pis moi, mais là... j'sais plus, probablement

qu'à un moment donné, avec une autre fille... si j'arrive à retrouver quelque chose comme ce qu'on avait... mais j'suis vraiment loin de penser à ça ces temps-ci...

— Je comprends... Ça va se replacer, j'suis pas inquiète.

— Pis toi? Ça fait un boutte, là, que t'es avec Cédric. Ça serait pas la prochaine étape?

— Ouais... Ça va faire huit ans qu'on est ensemble, le mois prochain, pis Cédric, il est vraiment pas sûr, pour les enfants... Faiqu'on dirait que plus ça va, moins j'suis sûre, comme si ça déteignait un peu sur moi, bizarrement... En fait, j'me demande peut-être plus si c'est vraiment avec lui que j'en veux que si j'en veux tout court...

— Wow, OK... mais c'est pas juste parce qu'il veut pas d'enfants, j'imagine, il doit y avoir d'autres raisons pour que t'aies ça en tête...

— Ouain, non, bah... c'est pas grand-chose... Tu sais ce que c'est, les jeunes vieux couples, de toute façon... Toujours les mêmes histoires... On refait pas le monde, pis on se demande, après, pourquoi on est blasés.

— J'sais pas, ça dépend... Eille, c'est Djibi! Regarde, l'autre bord de la rue! Djibi!

La grand-affaire barbue venue de la ville, qui déambule comme ça, mains dans les poches, l'air d'un vrai galvaudeux, et qui voudrait qu'on ne la trouve pas, cachée au plus profond de la Gaspésie! Eh ben, on t'a trouvé, bonhomme, pis on te ramène de force à ton Réal qui s'ennuie de toi.

— Ben oui! Djibi!

Lau se lève de table et part après notre grand flanc-mou, qui se retourne, l'air ébaroui, mais pas tant que ça, de l'autre côté de la 132. Il étire sans vigueur ses longs bras d'albatros pris dans son chandail avec une surprise morne, l'œil fatigué sous sa capuche. Lau laisse passer deux voitures et court se serrer contre lui.

— Qu'est-ce vous faites ici? demande-t-il, s'efforçant de paraître heureux de nous voir, mais son incompré-hension crève les yeux.

Sa barbe est longue de près d'un mois, sans doute, elle lui part de la pomme de Djibi et lui monte jusqu'aux cernes; un vrai yéti. Des velus de même, y en a pas mille, et une chance qu'il est châtain-blond; ça lui donne l'air moins amoché. Si je laissais pousser la mienne autant, on me jetterait de la tite-monnaie au coin des rues.

— Ben, on est toutes en vacances, faiqu'on s'est dit qu'on pourrait passer te voir, répond Laurence. Comment ça va?

Djibi rit nerveusement, tandis que j'arrive à leur hauteur, et me serre la main comme à des kilomètres :

— Comment vous avez su que j'étais ici?

Son ton n'augure rien de bon. Faut le rassurer, le bonhomme, pas question de lui faire savoir qu'on s'in-quiétait à son sujet.

— J'ai parlé à ton père, pis il m'a dit que t'étais en Gaspésie, faiqu'on a vraiment été chanceux, en fait... mais j'suis content de te voir, c'est tout un hasard, quand même, tomber sur toi de même!

Tape virile sur l'épaule ; ça fait toujours du bien, de l'affection mâle. Je le sens déjà se détendre un peu. Lau, vraie fille d'impro, comprend tout de suite la thématique :

— Ben oui, toi, on a passé une couple de nuits à Gaspé, pis on est arrivés ici seulement hier... y a Marco pis Lidz, aussi, qui sont venus avec nouzautres, ils vont être surpris de te voir !

Vague sourire dans les poils de sa grand-barbe ; on y voit presque même des dents. Faut croire qu'on n'est pas loin de l'apprivoiser.

— J'suis content de vous voir... mais ça surprend pas mal, aussi...

— Ouain, je comprends, dit Lau. Pis, t'es ici depuis combien de temps ?

Quoi dire, câlice, comment parler comme avant quand la vie n'est plus la même ?

— Bah, j'sais pas trop, honnêtement... deux semaines et demie ? Trois semaines ? J'sais plus. J'étais à Gaspé, avant... drôle de coïncidence...

— Ouais, pis là, tu dors où ? Nouzautres, on est au Pic de l'Aurore...

— Ah, OK... Moi, j'suis pas trop loin, j'me suis pris un p'tit chalet au bas de la pente...

Il répond sans me regarder, en se grattant l'arrière du crâne à travers sa capuche en coton ouaté bleu marine. Impossible qu'il ait froid, il fait une vingtaine de degrés sous un soleil de plomb.

— Super, tu nous feras visiter ça! lance Lau, tout entraînante.

— J'sais pas, c'est pas ben ben en ordre...

— Pas grave, on est pas regardants. Pis tant qu'à faire, viens don prendre une bière, on va jaser un peu.

Et elle tire par le bras notre beau grand blond barbu qui se laisse aller jusque de l'autre bord de la 132.

Il a autant de jasette qu'un mort, Djibi. On tâte le terrain, qui est couvert de mines, on s'aventure sur différents sujets pour voir jusqu'où on peut l'amener, et puis on se replie après avoir compris qu'on l'a perdu. Tous les sujets ramènent au même, Djibi, faudra crever l'abcès un jour ou l'autre, sinon c'est lui qui va te crever. Comme il ne veut pas parler de lui – ou même parler, en général –, on n'a pas d'autre choix, pour le distraire, que de lui raconter notre vie. Alors, on parle de grève, de manifs de soir, du projet de loi 78, mais il nous coupe aussitôt l'herbe sous nos grands chevaux :

— C'est pas mal pour ça que j'suis venu ici, en fait... le climat social pourri, ç'avait fini par me vider. Je lis plus les journaux, depuis la loi spéciale... je vais même plus sur Internet. Ça fait du bien.

On ne peut donc même plus parler de la grève. C'est pas reposant d'avoir à ménager quelqu'un comme ça. Vivement que Lidz et God reviennent, ça nous donnera plus de matière à discussion. Et plus de chances que la grosse cloque de pus jute.

— As-tu sous-loué l'appart, finalement?

Lau qui s'obstine à effleurer de la voix la zone sensible.

Djibi, le regard perdu dans les vagues, tourne mollement la tête vers elle, menton appuyé sur le poing, coude sur la table :

— Non, pas encore.

Et c'est tout. Faut lui sortir les mots de la gueule avec une fourche. Deux mois, déjà, depuis que sa blonde est morte, et lui, il n'a pas l'air pressé de déménager ; comme s'il préférait s'accrocher à toutes les parcelles d'elle encore à sa portée.

— As-tu mis une annonce ?

Lau travaille de la fourche.

— Ouais, marmonne Djibi. Mais tsé, ça fait deux semaines que j'suis parti, faique...

— As-tu eu des réponses ?

Gibet, roue, bûcher, estrapade, essorillement, écartèlement, fosse à enfouir vif, cuve à bouillir vif, ça commence à ressembler à de la torture ; Lau l'inquisitrice.

— J'sais pas, j't'ai dit que j'allais plus sur Internet.

Djibi fixe le néant droit devant lui et vide le fond de sa pinte. Il semble déjà regretter sa solitude.

— Ouais, ben, ça serait peut-être le temps que tu y retournes, tu penses pas ?

— Ben oui, je le sais ben... c'est juste que... ça m'apparaît gros, ces démarches-là, en ce moment... J'suis pas prêt encore, on dirait.

— Je comprends, sympathise Lau, qui a remis ses yeux d'humain, en caressant sa grande épaule pointue. Mais là, y est temps de passer à autre chose, même si c'est dur, pis ça, c'est une étape qui est super importante. Y faut que tu te sortes de cet appart-là au pc.

Djibi se passe les mains sur le visage, en sort des pupilles tristes noyées de rouge.

— Je l'sais ben, pourquoi tu penses que j't'icitte?

C'est son premier sourire honnête depuis qu'on l'a retrouvé, et y a des larmes qui coulent dedans. Leau continue de le caresser. Il s'essuie la détresse en fût du revers de la main, puis se lève brusquement.

— Je vais aller aux toilettes.

Moi et Lautre, on se regarde et on se comprend – ça nous arrive parfois. Je la trouve belle, compatissante comme ça, perles trempées.

— T'as fendu la coquille, je lui dis. Bravo, j'y croyais plus.

— Ouais. On est pas sortis du bois.

Deux trois minutes passent, et on comprend qu'effectivement, l'orée des bois n'est pas si proche quand Lidz et God surgissent de derrière l'édifice voisin au moment même où le grand Djibi nous rejoint à table, les yeux séchés bien comme il faut. Ça m'étonnerait que le mensonge fasse long feu.

— Ah ben, regarde-moi ça quissé qui est là! lance Lidz, les bras levés au ciel en s'approchant.

— Djibi, câlibouère! s'exclame God, souriant de toute sa dentition.

Le grand châtain troublé demeure stoïque – j'ai l'impression que ça l'épuise. Y a un danger qu'on l'effarouche et qu'il se sauve. Il sourit presque à la vue de ses deux chums, mais garde ses dents au chaud, enfouies derrière son poil de barbe. God et Lidz le prennent d'assaut, lui font l'accolade tour à tour sans ménagement; Godot le soulève même du sol entre ses bras d'athlète pour lui montrer qu'il est content de le voir et le secoue par les épaules comme s'il tentait de faire tomber sa barbe postiche. Elle reste toutefois bien en place, et notre grand Djibi, redevenu maître de son corps ou à peu près, prend le parti de se rasseoir au milieu des exclamations joyeuses de Lidz, qui ne se peut plus de ne pas en revenir et qui s'emporte tant qu'il vend la mèche :

— En tout cas, t'es pas trop difficile à retrouver, mon Jean-B! Combien de temps ça nous a pris? Trois jours, c'est ça? Pis en plus, on a même pas essayé fort, on a surtout fait le gros party!

Djibi jette un regard complice vers moi et Lautre, sourire en coin. Bon, ça va, on est coupables. Il s'en doutait, au fond, qu'on était venus le chercher. Pas fou, le bonhomme. Au bord du précipice, mais pas fou pour autant.

— La prochaine fois que tu veux te sauver de nouzautres, poursuit Lidz, un p'tit conseil : essaye une grand-ville, à la place. C'est trop facile, ici, y a vingt-six habitants, pis je t'inclus là-dedans.

— OK, je vais penser à ça, répond Djibi.

— Bon, avez-vous·faim, vouzautres ? lance Marco. C'est le temps de manger du bon poisson.

— Ouais, ben d'accord, je réponds.

Lau se tourne vers la grand-affaire :

— On a une réservation pour quatre à La Maison du Pêcheur, mais à ce temps-ci de l'année, ça les dérangera pas d'ajouter une place. T'avais rien prévu de mieux pour souper, j'espère ?

Évidemment, le beau grand-gars velu proteste :

— Non-non, oubliez ça, pas à soir, j'avais d'autre chose de planifié, on se reprendra...

Ça sent la merde de taureau plein les narines.

— Ben voyons don, t'es tuseul, ici, t'avais rien de planifié pantoute, lui balance Lidz en pleine face. Là, tu vas fermer ta belle grand-yeule de viking blond, pis tu vas venir avec nouzautres, parce que ça fait ben que trop longtemps qu'on t'a pas vu !

— Bon ! OK, là ? conclut Lau, fière du lézard, qu'il est parfois utile d'avoir dans son camp, surtout quand vient le temps de convaincre les indécis.

— Ouain... j'ai pas vraiment le choix, on dirait, se résigne Djibi, l'air presque heureux qu'on décide à sa place.

— Pas pantoute. Enweille, viens-t'en.

Restaurant quasi vide. Le pêcheur rêve au mois de juin toute l'année. Deux tables sont occupées, outre la nôtre, et Lidz, qui tonitrue, remplit l'espace sonore. Son heure commence, faut dire ; c'est quand le soleil tombe qu'il se réveille pour vrai. Comme d'habitude, dans les endroits publics, y a des madames que sa présence énarve, mais on s'y fait. Deux trois regards jetés de travers, et puis c'est tout. Faut les comprendre, il gueule pas mal en général, et ausoird'hui, c'est encore pire. Djibi lui fait pas mal d'effet – ça ou une ligne de poudre inspirée aux toilettes avant de nous rejoindre à table. Il nous rappelle en s'emportant, l'œil survolté, oubliant presque son entrée de saumon fumé, que La Maison du Pêcheur, dans les années soixante, c'était un repaire de hippies de la pire espèce, que Plume et les frères Rose y passaient leurs nuitées à boire de la grosse bière, à prendre de la dope et à préparer l'insurrection appréhendée par les Drapeau et autres PET de ce monde. Il m'épuise, Lidz, quand il croit nous apprendre ce qu'on sait déjà. On a envie de lui couper le sifflet, mais on le laisse parler, sans doute parce qu'on sait bien que sur pareille lancée, rien ni personne – et pas même 728 – ne serait capable de l'arrêter. Au fond, ça nous convient qu'il ait la gueule si grande ; on n'est plus obligés de se fouiller le crâne à la recherche d'un sujet qui ne fera pas fuir le grand Djibi. Comme il est bien parti, le lézard, je le titille un peu en lui faisant remarquer que rien ne change et que les colontribuables comme les hippies d'alors sont à peu de choses près les mêmes que ceux d'aujourd'hui, qui s'affrontent dans les soupers de famille ou sur les réseaux sociaux. Il s'enflamme derechef avant que j'aie le temps de finir, et Lol me jette un regard plein de l'inquiétude de la grande sœur pour le tit-frère engagé sur une pente à pic. Elle échange cependant plus de regards avec Godard, et c'est vrai qu'il a l'air d'une carte de mode avec sa chemise blanche et son mohawk fraîchement sculpté. Il est passé par le chalet pour prendre une douche et se changer avant le souper, c'est pas pour dire. Il a sûrement quelque chose en tête pour la nuitée, et Lau semble l'avoir compris. D'ailleurs, ils sont assis tous deux du même côté de la table – avec Djibi, seul avec sa détresse, à droite de Lau – et leurs jambes se chamaillent en dessous de la nappe. Pincement connu qu'on finit bien un jour par accepter mais qui ne disparaît jamais vraiment. Bah. Lâche prise, bonhomme. Cibole.

J'interromps Lidz en le félicitant pour sa repartie facebookienne, et il sourit, mais ça ne le flatte pas vraiment ; il sait que son humour grinçant fait rire tout le monde, sauf ses victimes. De fil en aiguille, il saute à pieds joints et à bras raccourcis sur l'occasion de déverser de nouveau son fiel sur sa Rianne ; il me demande si j'ai lu son dernier article de blogue, et même si Laurence lève les yeux au ciel, je lui réponds que oui. Il ne veut pas savoir comment je l'ai trouvé – il est certain que c'est sans faille, comme tout ce qu'il écrit –, mais se lance dans une longue tirade et termine en annonçant, l'air soulagé, qu'il ne lui adressera plus aucun texte et qu'il est maintenant prêt à tourner la page pour de bon. Tout le monde ici connaît cette chanson-là par cœur, sauf le grand blond, qui a vécu sous un rocher pendant deux mois et qui, en prononçant ses premiers mots ou presque depuis qu'on a pris place à table, a l'inconscience de demander à Lidz qui c'est, au juste, cette Rianne-là, qui semble tant lui avoir fait de mal. Et c'est reparti, faudra même plus chercher à l'arrêter. Djibi, si t'avais su. Lidz enfourche ses grands chevaux et lui raconte l'histoire depuis le début avec la verve des premières fois, si bien qu'il accapare la table au grand complet et qu'on doit se résigner à l'écouter encore. Il faut oublier les conversations croisées quand l'un des interlocuteurs s'emporte autant. Il achève son récit, son entrée tiède quasi intacte devant lui, lorsque les plats de résistance arrivent des mains de la serveuse. Lidz lui remet ses bouchées de saumon fumé, l'air un peu troublé et comme ramené de force à la trop contraignante réalité :

— Tant pis pour les entrées, c'est pas grave... C'était ben bon, en tout cas, pour ce que j'en ai goûté... Fuck, je parle trop.

Filet de saumon citron sucre d'érable pour moi, crevettes géantes pour Lau, God s'est pris un steak d'entrecôte saignant à souhait et Lidz, l'assiette de chair de homard. Tout ça, pour des employés de l'État payés pour rien depuis trois mois. La grosse vie sale. Djibi, quant à lui, se contente d'une entrée de fromages, prétextant ne pas avoir faim et être un peu cassé. C'est vrai que l'exil pendant des semaines, ça pèse lourd sur le portefeuille.

— Pis là, Djibi, quand est-ce tu rentres à Montréal ? lui demande Marco en attaquant sa pièce de viande.

— On le ramène avec nouzautres, Godette ! rétorque aussitôt Lidz. Hein, mon Jean-B, tu vas te laisser faire ?

Djibi l'ignore et dit tout bas à God, sans le regarder :

— J'sais pas encore quand je vais repartir... ça va dépendre.

— OK, fait Marco sans en demander plus.

Lidz n'a pas le même respect pour le silence :

— Ça va dépendre de quoi, mon beau bébé ?

Quel choc, quand même, de s'isoler pendant des semaines, de fuir le monde jusque dans le golfe du Saint-Laurent, d'y perdre sciemment le goût et l'habitude des autres, et puis de se retrouver sans avertissement face à un gars comme Lidz. Belle douche de sueurs froides.

— J'sais pas, répond Djibi. De comment je me sens, j'imagine…

Pour Lidz, bien sûr, la façon dont on se sent, c'est des détails.

— C'est toi qui as le contrôle là-dessus, grand-gars, reprend-il. Faut que t'arrêtes de subir ce qui t'arrive pis que t'agisses un peu, y a personne qui va te sortir de d'là à ta place.

— Ouais…, marmonne simplement Djibi, l'air de s'en sacrer, les yeux sur un croûton qu'il couvre de fromage de chèvre.

— En tout cas, ajoute Laurence, si ça te tente de repartir avec nous, t'es le bienvenu, on a de la place.

On a de la place, Lolo? Cinq dans une Yaris pendant douze heures, ah bon? C'est vraiment parce que c'est Djibi. De toute façon, le conducteur s'en fout. Godard aussi, sûrement; c'est lui qui sera en avant avec moi, gros comme il est. C'est vouzautres, les plus minces, qui allez souffrir en arrière, tassés comme des harengs fumés. En plus, c'est loin d'être assuré. Djibi n'a pas l'air trop pressé de retrouver son Réal.

— Enweille don, Johnny Bee, dis-moi pas que t'as pas envie d'aller jouer de la casserole sur le parvis de l'église Saint-Esprit?

Le yéti blond fronce les sourcils :

— Comment ça?

— Les casseroles, ça te dit rien?

— Non.

— Eh boy, ça te réussit pas de vivre dans une grotte, grand-gars! Faut que tu recommences à lire les journaux, t'es en train de mourir en dedans.

La toison blonde tressaille sur le visage de Djibi, signe qu'il esquisse un sourire. Sourire qui pleure.

— Ça fait des mois que j'suis mort en dedans, Lidz.

— Ben voyons, câlice, si t'étais mort en dedans, tu serais pas ici, avec nouzautres, tu te serais tranché les veines depuis un méchant boutte!

Lidz, hostie, c'est pas le moment. Les yeux de Lau s'écarquillent, elle n'arrive pas à croire qu'il a vraiment dit ça, avec deux tites-madames juste à côté et une assiette à cinquante piasses fumante en dessous du nez.

Djibi hausse les épaules, fixe son plat de fromages, pose le couteau :

— J'sais pas.

— C'est pas facile, admet Lidz, c'est sûr... mais on le sait toutes que tu vas t'en sortir... Y a juste toi qui le sais pas encore.

— Ouain...

Silence. On laisse le soin à Lidz de se désembourber tuseul. Y avait qu'à pas plonger dans ces eaux-là.

— Pis de toute façon, ce qui se passe à Montréal, c'est historique, tu veux pas rater ça... C'est beau, un peuple qui ressuscite, qui sort chaque soir dans les rues pour cracher au visage d'un système pourri... Faudrait que tu viennes avec moi dans une manif, rien qu'une fois, ça fait sortir le méchant de lancer des roches aux grosses polices...

— Tu me niaises? l'interrompt Lau.

— Qu'est-ce tu veux dire?

Bon. Au moins, ça va nous changer le mal de place.

— S'te plaît, dis-moi que tu lances pas des roches aux grosses polices pour vrai.

— Héhéhé! T'es toute pure, ma Lolo. C'est pour ça que j't'aime d'amour.

— Ça aide pas la cause pantoute, j'espère que tu t'en rends compte, au moins. Je comprends que ça te défoule pis que t'en as besoin, mais ça fait juste peur aux tits-vieux, pis c'est ces tits-vieux-là qui vont voter encore pour Jean Charest juste parce qu'il s'est tenu debout devant les casseurs.

— Si y fallait toujours se fier aux peurs des tits-vieux, on n'irait pas ben loin comme société. Pis tu penses vraiment que reprendre le contrôle de la rue, après une loi de même, ça se fait dans la douceur pis dans le calme? Cibole, Lolo, allume des cierges pis monte des marches à genoux! Faut que la police ait peur des dérapages pour qu'elle respecte les gens qui manifestent, sinon y a rien qui l'empêcherait de varger encore plus fort pis de nous embarquer toute la gang. Faut qu'elle sache qu'y a des black blocs, dans le tas, pis que ces gens-là sont prêts à se battre, qu'ils sont pas juste là pour être cutes pis pour demander poliment, avec un bouquet de fleurs dans les mains : «Pouvez-vous nous redonner nos droits, siou plaît, m'sieur l'agent?»

Laurence, heureuse d'avoir changé de sujet, rétorque avec un plaisir évident, sourire provocateur aux lèvres :

— Quoi, tu penses que la police, c'est juste une armée de sbires au cerveau lavé qui rêvent la nuit de matraquer de l'étudiant? Tu penses que si tout le monde se fait pas arrêter, c'est parce qu'y a une vingtaine de tits-jeunes en noir avec des cagoules pis des drapeaux qui font respecter l'ordre? Ben coudon, on vit pas dans le même monde, toi pis moi.

Clin d'œil de Lidz :

— On est au moins d'accord là-dessus.

— Toi, mon lézard, t'as-tu déjà été dans un black bloc? demande Marco.

— J'te le dis pas. De toute façon, t'es plus toi-même quand t'es là-dedans, faique tu trouveras jamais personne pour répondre «oui» à ta question.

Marco se frappe la cuisse en souriant de toutes ses dents :

— Hostie, je le savais! J'suis même pas surpris.

— J'ai rien dit, moi, fait remarquer Lidz en levant les yeux au ciel.

— C'est ça, je lui réponds, continue à rien dire pis mange ton mollusque.

— Oui, papa! conclut le lézard, comme dans la vieille annonce.

Et tous, on trouve ça drôle, mais pas Djibi.

L'heure du dessert. Y a rien comme l'odeur du café qui envahit la table après une bonne ripaille. On jase littérature, et Lidz, qui a commandé un porto comme digestif, nous laisse placer deux trois mots, pour faire changement. Question de sortir le grand Djibi de son hibernation, on l'interroge sur les textes qu'il met au programme, on lui demande comment il les aborde et quel cours il a préféré donner jusqu'à maintenant, mais il répond chaque fois par des phrases courtes et vides. God et Lau se frottent toujours en nous faisant passer pour des imbéciles, et Lidz et moi, on ne dit rien pour le moment, mais on s'échange quand même des regards entendus chaque fois que ça s'entremêle sous la nappe. Djibi, lui, n'a rien remarqué, la tête trop occupée qu'elle est à rien du tout, les yeux plongés dans le vide. Les cafés arrivent ainsi que les desserts et le digestif de Lidz, en même temps que mon iPhone vibre. En temps normal, je ne réponds pas à table, mais comme c'est sûrement Karolanne qui vient de m'accepter en tant qu'ami cybernétique, je laisse mon café refroidir un peu et cours me réfugier dans les toilettes. Devant le miroir scrutateur, je sors mon téléphone et constate que ce n'est pas elle. Karine, plutôt, qui vient de me texter, qui resurgit d'entre les morts et qui me fait bondir sur place, qui me renfonce en tête l'idée du nous que j'ai brisé et qui m'expulse hors de Percé comme si c'était une autre époque, celle où je ne l'avais pas oubliée. Karine, la douce-amère, qui me fait bien mal et qui le sait, mais qui ne peut s'en empêcher. Karine, qui ne devrait plus me contacter et à qui je devrais le répéter — ou peut-être pas. Peut-être que je continuerai simplement à espérer qu'un jour la plaie se cicatrise autour du fer.

Salut Louis,

Je voulais te dire que j'ai reçu plusieurs lettres pour toi, dont une de Revenu Canada. Tu peux passer les prendre quand ça t'arrange, je vais les laisser sur la table de la cuisine.

Karine

C'est tout. Froideur distante de ceux qui jugent avoir assez souffert. Au fond, c'est pour le mieux. À quoi je m'attendais, au juste? Faudra vraiment que j'en finisse un jour avec l'hostie de changement d'adresse.

Percé crépusculaire, brise fraîche qui souffle en vagues sur la terrasse vide du Surcouf, table ronde en plastique sur le bord de la 132. Le lézard chiale que c'est désert.

— Ben oui, crisse, on le sait que c'est désert, Lidz, reviens-en pis bois.

Marco remplit son verre pour lui, chose qu'on n'a pas à faire, en temps normal. Ça doit vraiment le secouer qu'on soit tuseuls comme ça sur la terrasse d'un pub en plein vendredi soir. Y a de ces soirées où on ne lui suffit pas, où il a soif de nouvelles connaissances autant que d'alcool, où on le perd parce qu'il s'en va s'asseoir avec des inconnus – même pas besoin qu'il y ait des filles dans le groupe –, parfois il a seulement besoin de se sentir aimé – ou détesté; c'est aussi bon, peut-être même meilleur – par le plus de gens possible. C'est sûrement un de ces soirs, et comme les deux mononc' et le tit-couple de Français qui prennent un verre tranquilles à l'intérieur semblent l'intéresser moins que nous, il persiste à nous honorer de sa présence, les jambes croisées, épuisant cigarette sur cigarette avec un air maussade. Tit-crash de cocaïne, peut-être. Ça sent de plus en plus la rechute. Un creux de vague pareil après le souper, dans son cas, c'est très très louche. Ajoutez à ça Djibi, qu'il a presque fallu traîner de force ici, ainsi que nos deux adultères, qui continuent de se faire des mamours en dessous de la table, et tous les éléments sont réunis pour me donner une sacrée soif : tempête parfaite au fond de la gorge. Je me sens seul au milieu d'eux, dans l'œil de la tornade, et quand je me sens seul, souvent, je bois. Pas besoin d'autre explication.

Karolanne a accepté d'être mon amie, j'ai pu le vérifier pendant qu'on se cherchait un bar pas loin, et ça ne m'a pas fait grand-chose, outre la sensation d'un vide immense. Elle ne sera bientôt pour moi qu'une autre amitié creuse dans ma collection d'êtres humains. On tchattera sûrement quelque temps, je me masturberai peut-être une fois ou deux en regardant ses photos de plage, et puis on s'oubliera. L'espace et le temps nous éloignent trop. Nous sommes un nous mort-né.

— Coudon, s'exclame tout à coup Laurence en palpant le biceps de God à travers sa chemise, t'as pris du muscle, toi, depuis la dernière fois !

Subtile comme un dix-huit roues dans une vigne.

— J'sais pas, répond Marco.

Il ne fait pas exprès pour être beau de même – bon, d'accord, peut-être juste un peu. Lidz la trouve excellente et passe près de recracher sa gorgée de bière :

— Come on, Lolita, fais pas comme si c'était la première fois que tu le tâtais depuis qu'on est partis de Mourial.

Lau fronce les sourcils :

— Non-non, j'te jure, le seul que j'ai tâté, c'est toi… mais tu t'en rappelles pas, t'étais ben que trop paqueté.

— Pauv' Cédric, tu lui diras que j'suis désolé. Pis, God, elle va comment, Annie ?

Ouch. Lidz qui vous fait la morale. Faudrait surtout pas que ça m'arrive. Il en a ras le cassse de les voir se chouchouter sans gêne, mais sûrement plus par jalousie que par véritable empathie pour les cocus.

— Elle est en pleine forme, pis toé ? rétorque Marco, du défi plein les yeux.

— Moé, ça pourrait aller mieux, genre si on était pas pris dans une hostie de ville fantôme en plein vendredi soir. Pis toé ?

— Moé, ça va super. La ville fantôme, elle me dérange pas pantoute.

— À part de t'ça, pourquoi on est partis de Gaspé ? J'vous ai pas posé de questions là-dessus parce que vous aviez déjà tout décidé sans moi, mais quand même, c'était quoi l'idée ? Ça brassait pas mal plus là-bas, pis même les soirs de semaine… on aurait pu chercher Djibi ici pis garder nos chambres au motel Adams, ç'aurait pas été ben ben compliqué.

— Pis le chauffeur désigné, ç'aurait été toi ? je lui lance.

— Ben voyons, son père, on aurait viré nos brosses à Gaspé, t'as vu comment c'est mort, ici ? Aussi ben boire au chalet.

Le serveur sort. Je lui signale qu'on en veut plus. Deux autres pichets, rien de moins ; ça manque trop de vie pour rester secs, ces Grandgouzier-là.

— On est ici, Lidz, faiqu'on va en profiter, OK ?

— Wow, vous me cherchiez vraiment, s'étonne Djibi d'outre-tombe. Je vous faisais peur à ce point-là ?

— Ben non, c'est juste qu'on se cherchait un endroit pour décrocher de la grève pis du reste, pis on s'est dit qu'on serait aussi ben d'essayer de t'attraper en passant si ça adonne.

Merci, Godard, pour le beau mensonge rassurant.

— J'étais jamais venu en Gaspésie, pis Lidz non plus, ajoute Lau. Disons que t'étais un bon prétexte pour changer ça.

Le serveur nous apporte les deux pichets de blonde. God sort son portefeuille ; on en paie un chacun.

— Ouain, fait Djibi sans émotion dès que le serveur s'éclipse. En tout cas, j'suis content de vous voir.

Ça paraît pas pantoute, grand-gars, mais c'est de la musique à nos oreilles. Il passe la main dans ses cheveux gras sous sa capine, se lève de table et part pour les toilettes. Lidz l'imite et ils disparaissent ensemble à l'intérieur du restaurant, qui recrache en même temps le tit-couple de touristes français.

— On en cale-tu un? je lance aux deux tourtereaux en remplissant mon verre. J'sais pas si c'est parce qu'on a trop mangé, mais je nous trouve plates, là, faudrait se réveiller un peu.

— T'es ben intense, toi, tout d'un coup, constate Lau.

— OK, ouais, t'as raison, faut qu'il se passe de quoi, on n'est pas venus ici pour être tranquilles certain, approuve Godron, qui ne recule pas devant pareil défi de boisson.

Il remplit son verre jusqu'à la goutte qui le ferait déborder et s'apprête à faire de même avec celui de Leau, qui le retire de sous le pichet :

— Oublie ça, Marco, j'pèse pas deux cents livres comme vouzautres, moi. Je vais être spectateuse, pis c'est tout.

— J'ai jamais pesé deux cents livres, je lui fais remarquer, pis ça m'empêche pas de boire comme du monde.

— Enweille, assez jasé, montrez-moi ça!

Elle lève son verre à moitié vide et l'abat contre les nôtres, qui débordent sur nos doigts.

— Santé, à la viking! lance God.

On ouvre grand la gueule et ça nous coule dedans jusqu'aux picotements dans la gorge et dans les yeux, ça nous secoue hors de l'ennui des minutes précédentes. On remplit aussitôt nos verres en ignorant celui de Lau, vide aux trois quarts. Godron laisse échapper un beau grand rot plein d'abandon en grimaçant de volupté.

— Euh… t'as oublié qu'y avait une fille avec vouzautres ou ben c'est encore pire quand j'suis pas là? ironise Lau.

— C'est le féminissse en moi qui vient de roter, Lolo. L'égalité entre les sexes, c'est aussi ça.

— T'as ben raison. En autant que tu t'attendes pas à scorer à soir, tu peux cracher s'a table, si ça te tente.

Ouch. Ça fesse fort, mais le beau Marco, il va scorer quand même à soir, et dans son but à elle. Elle veut le piquer, peut-être seulement pour lui laisser croire qu'il l'aura pas facile, ça fait partie du jeu et c'est de bonne guerre, mais j'aimerais quand même mieux qu'elle se garde une tite-gêne en ma présence. Marco, pour sa part, la trouve très drôle, éclate de rire et en remet :

— Bah, tsé, el père pis moi, on clique tellement que je pourrais ben cracher s'a table, j'aurais encore des chances. Même que ça m'aiderait p't-être.

— C'est moi qui crache, d'habitude, Godette. Pis d'habitude, c'est dans ta yeule.

— Ce qui se passe dans votre chambre, les gars, je veux pas le savoir, conclut Laurence.

Le zombie et l'homme-bi réapparaissent au même moment sur la terrasse avec une étincelle pas trop normale dans l'œil (surtout dans le cas de la grand-affaire), tapant des mains et scandant :

— La loi spéciale! (clap! clap! clapclapclap!) On s'en câlice! (clap! clap! clapclapclap!)

— J'avoue que j'ai un peu l'impression de rater quelque chose d'historique, admet Djibi en reprenant sa place à table, peppé au point que c'en est louche.

— Écoute, grand-gars, c'est malade, ce que t'es en train de manquer, on a du fun, c'est pas croyable, corrobore Lidz, fébrile, en remplissant son verre et celui de Djibi. Hein, avouez qu'on a du fun, pareil?

— Ben, là, du fun, faut pas charrier, je réponds.

— Ah, come on, el padre! Combien de fois je t'ai entendu chialer qu'il se passe jamais rien au Québec, que tout le monde se crisse de toute, pis qu'on va disparaître dans le confort pis l'indifférence? Ben, là, il s'est levé, le Québec, il marche dans la rue depuis des mois, pis le plus beau, c'est que ça fait juste commencer. Moi, quand je sens que l'Histoire est en train de s'écrire sous mes yeux pis que j'ai la chance d'en faire partie, ben, je bande, c'est tout, pis j'y peux rien. Vous vivez ça de même vouzautres aussi?

Djibi, capuche baissée, le fixe avec des grands yeux pleins de vitalité.

— T'as des drôles de fantassses pour un lézard, lance Godard en exhibant son plus beau sourire Cresss.

— Ça me donne quasiment le goût de rentrer à Montréal avec vouzautres, laisse planer le grand blond.

— Parle-moi de t'ça! s'exclame Lidz en secouant sa corporation. On va aller ensemble se montrer la face pis le reste aux manufestations, dans nos costumes d'Adam avec des carrés rouges comme feuilles de vigne, pis on va rencontrer tout plein de belles filles d'Ève. Enweille, on trinque! Au printemps érable, même si j'haïs l'expression, pis à tout ce qui fait que je nous trouve beaux depuis queuque temps!

On lève nos verres. Même sous l'effet de la drogue, Djibi qui dit vouloir rentrer chez lui, c'est déjà presque une bonne nouvelle.

On est donc parvenus à ranimer notre vendredi. J'ai commandé du Jameson, version shooter, et Lidz m'a secondé. Même Djibi a eu l'air de passer un bon moment; la ligne de coke sniffée dans les toilettes sur le bras de Lidz a eu pour lui l'effet d'électrochocs. Tension, toutefois, chez God, dont la veine du front pulse de plus en plus au fur et à mesure que la soirée progresse et qui, visiblement, commence à en avoir plein le dos des allusions lancées par le lézard selon lesquelles il s'apprêterait à retromper sa blonde. C'est vrai que Lidz en met pas mal. On dirait qu'il le cherche, notre beau douchebag, pour une raison qu'on ignore tous et qu'il ignore sans doute lui-même. Il aime courir après le feu, parfois, c'est tout, et quand on est tuseuls, quand il n'a pas l'option d'aller baver ailleurs, de jouer avec le trouble à une autre table, avec des étrangers qui ne se doutent de rien en le voyant s'amener, c'est en se frottant à nous qu'il produit ses flammèches, alors parfois on se bat, c'est pas bien grave, et puis dès le lendemain, on passe à autre chose. Marco est silencieux depuis plusieurs minutes, il est toujours comme ça les très rares fois où il bouillonne, il écoute Lidz dire ses conneries, les bras croisés, la face ouverte sur le côté par un sourire défiant, il se gargarise du venin de la dernière flèche dans l'attente fébrile de la suivante, qui fera peut-être éclater la veine, devenue grosse comme un majeur dressé. Il ne fait même plus attention à Lau, elle-même beaucoup trop prise par ce que l'anarchissse raconte de drôle pour continuer leurs petits jeux. Lidz en stand-up comique fraîchement coké. Ses étudiants doivent l'adorer quand il est dans ses meilleurs jours, et le détester dans ses pires. Imitation malade de Sam Hamad qui fait voler Laurence en éclats de rire et chasse Godasse hors de la table.

— Je vais aller aux toilettes, moi, laisse-t-il tomber, abandonnant son téléphone entre nos bières.

— C'est ben correct, lui lance Lidz en roulant ses airs comme un vrai ministre du Développement économique, de l'Innovation et de l'Exportation. En autant que tu vas pas nous sortir un autre lapin de ton sac.

God sourit jaune et disparaît dans le restaurant sans dire un mot.

— C'est ça, va te mettre la tête dans l'autruche, encore! rajoute Lidz en se frottant le nez.

Prokofiev secoue le téléphone de God, qui vibre et s'allume sur la table. On se regarde tour à tour. Lidz accroche une clope à son oreille et s'en empare avant la deuxième vibration. Il répond comme si de rien n'était. Lau hoche la tête, exaspérée. Djibi se passe la main dans les cheveux.

— Allô, Annie!... Oui, c'est Lidz, ça va bien, toi?... Non, y est pas ici, ton beau brun... Non-non, je te jure... Ben, j'sais pas, il nous a pas prévenus... Ouais, c'est bizarre, attends, j'vais demander à Lau. Eille, Lolo, il est passé où, Godard?

Épais. Elle écarquille les perles, pas trop à l'aise avec son jeu, et c'est God qui va l'être le moins. Lidz réalise qu'il vient de faire une connerie. Surprise : ce n'était même pas voulu.

— Ouais, Laurence est ici… Ouais… Ah, il te l'avait pas dit ?… Ouais, je comprends… Attends, il revient, je te le passe…

Marco, revenu des toilettes, comprend à l'air de Lidz qu'il aura bientôt d'excellentes raisons d'être en calvaire.

— Tiens, c'est Annie, annonce le lézard en lui tendant son téléphone.

Marco le lui arrache des mains :

— Depuis quand tu réponds au cell des autres ?

Lidz hausse les épaules, se rassoit, allume sa cigarette et m'en offre une. Je refuse même si j'en ai envie, trop absorbé par l'éruption appréhendée. Djibi, qui ne sait pas qu'Annie ne devait pas savoir, accepte l'offre de Lidz, qui semble avoir déjà tout oublié. Moi et Lautre, on boit chacune des paroles de Marco.

— Allô, ma belle, comment ça va ?… Oui… Ah ?… Ah non ? Je te l'avais pas dit, t'es sûre ?… Ben, ouais, elle est ici… Ben, là, c'est pas la fin du monde, quand même…

Marco, sourcils tordus, foudroie Lidz du regard, mais celui-ci l'ignore comme si ça ne le concernait plus. God s'éloigne de la table d'un pas rapide, descend les quelques marches de la terrasse et rejoint le bord de la route pour s'expliquer avec sa blonde, gesticulant et tournant sur lui-même comme un fauve dans l'arène. Ça va brasser tantôt.

— Ça t'inquiète-tu au moins un peu d'avoir des crampes au cerveau souvent de même? je lance au lézard, que ma remarque semble étonner.

— Bah, regarde... je lui ai dit dès le début que les mensonges, c'était pas mon fort...

Savoir baisser les bras, lâcher prise et suivre l'avalanche. Lidz n'a jamais tort, de toute façon. Minute de silence impromptue. Marco, lointain, décrit toujours des cercles, iPhone contre la joue. Lidz vient à bout de sa cigarette en cinq coups de pompe, écrase le mégot dans le cendrier et s'en allume une autre. Cette fois, je lui en prends une, question de mieux respirer. God en a marre d'être l'objet de notre attention et disparaît derrière le bloc voisin. Les secondes s'écoulent sans un mot, et c'est la grand-affaire qui brise le lourd silence. Il faut vraiment que ce soit grave pour que Djibi soit le plus jasant.

— Qu'est-ce qu'y a? Il fallait pas qu'Annie sache que t'es là, c'est ça?

— Ben, idéalement, non. Elle a jamais vraiment aimé que je sois dans les parages, disons.

— On peut pas la blâmer, lance Lidz avec un regard de travers.

— Qu'est-ce tu veux dire?

Hum. Mauvais choix de jeu, Lolo. Tu veux vraiment revenir là-dessus? Lidz fait une face de gars dont les oreilles lui jouent des tours.

— C'est-tu une vraie question, ça, Lolo? Tu me niaises? Tu penses vraiment qu'on les voit pas, vos p'tites caresses en dessous de la table?

— Ben voyons, c'est des niaiseries, ça, Lidz. T'es-tu jaloux, coudon? Si tu veux que je t'en fasse aussi, tu t'assoiras à côté de moi la prochaine fois, je te courrai pas après certain.

— Non, oublie ça, Lolo, j'ferais pas ça à Cédric.

— Haha! Si je voulais t'avoir dans mon lit à soir, t'hésiterais pas deux secondes, je te connais.

— T'as juste à t'essayer, on verra ben.

God reparaît. Il a fini de parler au téléphone et s'approche avec des intentions de poings sur la gueule.

— À quoi tu penses, toi, tabarnak? crache-t-il en montant d'un pas lourd les quelques marches qui mènent à nous.

— Les nerfs, Godette, assis-toi pis cale une bière, ça va te calmer.

Godard la trouve pas drôle. Arrivé à notre hauteur, il contourne la table et se dresse devant Lidz, qui lève les yeux vers lui, toujours assis, les jambes croisées, l'air pas pantoute inquiet.

— T'es rendu crissement cave, ou ben tu me cherches pour vrai? lui lance Marco.

— Oublie ça, intervient Lau, qui voit venir comme moi le combat de coqs.

Lidz se lève, jetant par-dessus bord sa cigarette avec aux lèvres son sourire fébrile de tit-baveux des plus grandes occasions. Il approche son visage de celui de

God, dont les mâchoires tressaillent au rythme de sa veine de front saillante. Leurs yeux s'interpénètrent, et un éclat de volupté semble reluire dans ceux du frêle hipster.

— Un peu des deux, p't-être ben, j'sais pas, répond-il dans un élargissement de rictus. Qu'est-ce t'en penses, toi?

Et Lidz de pousser God, qui recule d'un pas. Une fraction de seconde d'incompréhension plus tard, il agrippe le lézard par le collet de sa chemise de bûcheron, froissant son carré rouge, et le repousse, sans desserrer son emprise, avec la force qu'on lui connaît, jusqu'à une table vide, où il l'étale sur le dos, les quatre fers en l'air, en renversant deux chaises au passage. On leur crie d'arrêter, on se lève d'un même élan pour s'interposer, mais God continue de secouer Lidz par le collet en le traitant d'hostie d'épais. Celui-ci se débat à peine, il l'incite à se défouler une fois pour toutes et à lui en crisser une bonne, qu'on en finisse.

— Enweille, fesse, Godette, tu le sais que ça te tente! lance-t-il en gigotant juste pour la forme, face cramoisie.

On agrippe à trois les bras noueux de Marco pour qu'il desserre son emprise, mais ça ne sert à rien; c'est pas pour rien qu'on l'appelle God.

— Hein, t'aimerais ça que je te fasse mal, hostie de tapette? crie-t-il à Lidz, dont les yeux s'écarquillent et qui, sans autre avertissement, lui enfonce les doigts dans le visage, serrant, tordant, griffant tout ce qu'il y trouve et le faisant hurler.

Marco, dans un accès de panique et de rage, abat son poing sur le visage de Lidz dans un bruit mat à vous hérisser le poil et qui n'a rien à voir avec celui des films d'action. Lidz lui lâche la face et couvre la sienne de ses mains, se roulant de douleur sur la table et cherchant à se remettre sur pied. God recule de quelques pas en se frottant les yeux, l'air de ne plus y voir grand-chose à cause des ongles du lézard qui ont grafigné sa cornée.

— Crisse de malade! grogne-t-il.

Djibi et Lau aident Lidz à se relever et cherchent à lui examiner la tête – parce que ç'a vraiment cogné fort –, mais il les repousse de sa main libre, se cachant l'œil amoché de l'autre, et puis s'éloigne en titubant, contournant God, que je retiens par prévention.

— Ça t'a-tu fait du bien, au moins, Godasse? T'es-tu content, t'es défoulé comme' faut, hostie?

— Décâlice, tabarnak! gueule Marco, qui ne voit toujours rien, alors que le serveur surgit sur la terrasse.

— Ça va, ici? lance-t-il, réalisant tout de même que ça ne va pas trop bien. Qu'est-ce qui se passe?

— Rien, ça va, je lui réponds, pendant que Lidz quitte la terrasse en zigzaguant et que Laurence part à sa suite.

— Il nous faudrait de la glace! lance-t-elle.

— Fuck la glace! crie Lidz en la chassant alors qu'elle tente de l'approcher. Touche-moi pas, Lau, j'suis sérieux…

Le serveur disparaît, pour revenir quelques instants plus tard avec un sac de glace, mais Lidz est déjà loin et on a tous convenu que c'était sans doute mieux comme ça.

Karolanne Boyer

Salut Louis,

Est-ce que vous êtes toujours à Gaspé ? Ce serait mieux pas, Van a parlé à ses frères et ils ont fait le tour des bars et des motels hier pour vous retrouvé. C'est pas le genre de gars avec qui vous voulez avoir du trouble, tu peux me croire. Sinon, j'espère que tu va bien. ☺

Karolanne xx

Louis-Pierre Lussier-Laflamme

Salut, toi.

T'en fais pas, on a écouté ton conseil et on a migré à Percé, où on a d'ailleurs retrouvé l'ami déprimé qu'on cherchait. Ç'a donc été une excellente décision. Mais qu'est-ce qu'ils ont de si épeurant, ces fameux frères-là ? On n'a pas des tueurs à nos trousses, quand même ?

P.S. J'espère que ton amie va bien. Je m'excuse encore pour la conduite de Lidz. Il perd les pédales, parfois (bon, OK, souvent).

Louis xxx

Karolanne Boyer

Van commence à ressembler à un raton-laveur, mais à part sa elle va pas trop mal. Ses frères, pour te donner une idée, c'est des dealers de drogue et y en a deux sur trois qui ont déja fait de la prison (un pour s'être battu dans un bar, l'autre pour avoir pognardé un gars qui lui devait de l'argent). Bref, revenez pas à Gaspé avant un petit bout. :S

Louis-Pierre Lussier-Laflamme

Ouais, OK, je comprends ; ça donne pas trop envie de les rencontrer. Ben coudon, fais-moi signe si jamais tu viens faire un tour à Montréal ; on ira prendre un café. ;)

Karolanne Boyer

Ouiii, j'aimerais ça. Je pensais justement y aller cet été. ☺

Louis-Pierre Lussier-Laflamme

Excellent. Je t'en ferai visiter tous les racoins. ;)

Fais attention à toi d'ici là.

Au plaisir,

Louis xxx

Karolanne Boyer

Oui, toi aussiii ! À bientôt ! ☺ ☺ ☺

Lidz brille toujours par son absence de gars qui a tort. Verres et pichets vides devant nous. On n'en commandera pas d'autres. Je ferme mon téléphone. À mon sourire, Laurence devine avec qui je tchattais :

— La tite-jeune de l'autre soir ?

— J'te le dis pas.

God a l'œil droit toujours fermé, depuis la bataille. Incapable de l'ouvrir, qu'il dit. Sa belle face de mannequin photoshoppé a été labourée par les ongles du reptile, qui n'y est pas allé avec le dos de la main morte. Poing sur la gueule justifié comme pas un. On ne s'attend pas vraiment à ce qu'il revienne, notre homme d'excès, alors on quitte les lieux. Pas la soirée qu'on attendait, mais on n'est pas vraiment surpris non plus. C'était à prévoir ; au train où filait Lidz, le mur fonçait sur lui à la vitesse grand TGV.

Le temps s'est rafraîchi mais reste quand même supportable. Djibi s'est rencapuchonné comme un mollusque en sa coquille pleine d'un silence opaque, mais il semble avoir repris goût à l'être humain. Ses yeux ne nous fuient plus comme s'ils avaient peur qu'on les crève. Il nous observe sans rien dire avec une sorte d'apaisement qui est en soi, pour nous, une réussite. On déambule, route 132, sans trop savoir où ça nous mène, un peu éméchés mais pas trop, cigare au bec à bout de souffle après la scène de la terrasse, on reste silencieux jusqu'au moment où Godiva décide qu'il a trop mal à l'œil pour pas en avoir ras le mohawk, de cette soirée, et que la route, elle le mènera jusqu'à l'hôtel. Lautre est d'accord avec lui, elle trouve que cette journée gagnerait à prendre fin, qu'il faut tirer la plogue et rebrancher tout ça demain, sous de meilleurs auspices, avec la grand-affaire en prime. Djibi me regarde, il semble étonnamment déçu que les retrouvailles ne se prolongent pas :

— Bah, moi, je veillerais encore un peu… Si tu veux, Elpé, on peut passer par ma chambre, j'ai deux trois bouteilles de rouge qui traînent.

— OK, j'suis partant, il fait encore soif dans mon boutte.

Et puis, pour les deux autres, qu'ils se reproduisent don si ça leur chante.

Pieds qui pendent au bout du quai de la ville fantôme encore coincée en plein printemps, goulot d'un Jacob's Creek passant d'une bouche à l'autre. Je voudrais bien le rassurer, le grand Djibi, les yeux coincés entre la barbe et la capine, tenter de le convaincre que ça va passer, mais j'en doute trop moi-même pour me lancer. Alors, c'est de ma rupture dont on parle, c'est lui qui pose toutes les questions, c'est lui qui cherche à me consoler, et la planète tourne à l'envers. C'est des niaiseries, mes tits-problèmes, devant les siens, enfin, je le crois toujours, mais on dirait de moins en moins. Aucune raison de développer là-dessus, mais comme Djibi insiste, je n'ai pas le choix, je lui raconte, mais je lui fais ça court, avec toute la pudeur qui est de mise devant les endeuillés.

— Ouais, c'est pas facile, conclut simplement Djibi, qui a compris mieux qu'aucun autre que les mots sont vides.

— Non, c'est pas facile, je lui réponds. J'ai couru après, remarque.

— Bah.

— En même temps, j'sais pas, c'est peut-être ben juste de la lâcheté ou de l'hypocrisie, mais je me dis qu'y a quand même des couples qui s'en remettent, de ce genre d'histoires-là, pis que si on s'en est pas sortis, même en essayant fort, c'est peut-être juste parce qu'on était rendus au bout.

— Vous avez essayé pour vrai?

C'est pas juste. C'est son âme à lui qu'on devrait fouiller, au lieu de la mienne. Je me suis fait avoir quelque part certain.

— J'sais pas…

— Ou ben quand tu lui as avoué que t'avais frenché l'autre fille, tu te disais déjà que c'était terminé?

— Hum… c'est vrai que je nous imaginais pas vraiment survivre…

— C'est dur de laisser quelqu'un sans qu'y ait d'évènement déclencheur…

— Hostie de pulsion de mort… T'sais qu'en fait, je pense que j'acceptais pas de nous voir devenir un vieux couple, pis j'ai juste trouvé une façon lâche de la forcer à tirer la plogue sans que j'aie à le faire moi-même.

— Pulsion de mort, comme tu dis. Je connais ça.

Porte ouverte. Ça tombe bien, il était temps qu'on ferme la mienne.

— Pis toi, comment ça se passe? Tu t'en sors? Parce qu'honnêtement, on s'en fait toutes pas mal pour toi…

— Ouais, je le sais, j'avais compris…

Triste sourire qui lui déchire la barbe. On va manquer de vin, c'est sûr. Il remplit la fente avec le gouleron de la bouteille, l'œil perdu dans le ciel clair de nuit d'arrière-rocher.

— Je l'sais pas, si je m'en sors, Elpé. Je pense que non, pas pour l'instant, en tout cas, pis c'est normal, il me semble. Il faut du temps, c'est tout, pis beaucoup de temps tuseul, pour faire la paix avec ce qui s'est passé. C'est pas les autres qui vont chasser mes crises d'angoisse nocturnes, ou ben qui vont m'aider à mieux dormir, quand les somnifères embarquent. C'est pas euzautres qui vont faire que du jour au lendemain, je vais arrêter de revoir en rêve le char effoiré par l'hostie d'orignal d'un bord, pis le dix-huit roues de l'autre.

Tragédie de faits divers qui n'intéresse jamais personne, sinon pour son apport aux statistiques du sinistère des Transports du Québec.

— C'est moi qui l'avais convaincue de prendre Allo-Stop pour venir me rejoindre à Alma chez mon oncle, Elpé... un vendredi soir... Elle voulait prendre l'autobus, pis j'ai insisté, parce que ça coûterait ben moins cher de même... Un départ de Montréal à sept heures, ça la rassurait pas pantoute, ça voulait dire faire la 169, dans le parc, la nuit, avec un gars qu'elle connaissait pas, peut-être un chauffard... Pas grave, moi, le cave, je l'ai convaincue, je l'ai rassurée, pis toute.

Câlice, Djibi, fallait le dire plus tôt. Le genre d'histoire à vous faire croire aux dieux et à vous convaincre surtout qu'ils vous en veulent. Visage dans les mains, dos qui tressaille, et moi qui ne sais plus trop quoi faire pour être un homme et pour réconforter quand même. J'empoigne les grandes épaules osseuses du vieux frère en tempête et j'essaie de le consoler de l'inconsolable. Ça dure quelques secondes, puis il se ressaisit. Je lui rends son biberon et sors un autre cigare de mon paquet, qui ne fera pas long feu.

— Ç'a aucun sens, Elpé, je l'sais ben que c'est juste le hasard qui a fait ça... que c'est pas de ma faute, que c'est le genre de choses qui arrive, comme ça... comme y a des gens qui gagnent à la loto pis d'autres qui se font frapper par la foudre... Y a pas de leçon à tirer, y a aucun sens caché là-dedans, j'arrête pas de me le répéter, mais hostie que ça tourne à vide...

Grosse lampée de raisin mêlée de jus d'yeux.

— Je comprends, je lui dis comme un cave – parce que je n'ai pas le choix, il faut que je parle. En fait, non, je veux dire… c'est sûr que j'comprends pas, ce que tu vis, t'es pris tuseul là-dedans, mais en tout cas, j'essaye de me mettre dans ta peau, disons.

— Fais-toi-z'en pas, Elpé, j'avais compris, lâche tes pincettes.

— Ouain, OK, merci… En tout cas, c'est ça, grand-gars, fais juste pas oublier qu'y a ben du monde qui t'aime.

— T'es ben smatte, Elpé… ça me touche… pis… merci d'être venus me voir. Je te cacherai pas que ça me fait du bien.

On a vidé la bouteille, et puis on a quitté le bout du quai. Il commençait à faire frisquet, mais on n'avait surtout plus trop de choses à se dire, après avoir fait deux trois fois le tour de sa tristesse sans fin comme un serpent qui se mord la queue. On a marché jusqu'au motel où il regarde passer ses nuits, rue de la Coulée, au pied du pic où Lau doit faire des choses à God – et pas seulement panser les traces de griffes laissées par Lidz. Il m'a serré la main mollement, mais son sourire parlait quand même. Je lui ai dit de se raser pour nous demain matin-midi, parce qu'on passerait le voir pour déjeuner. Il a répondu qu'il verrait, qu'il n'était pas certain de pouvoir, j'ai froncé les sourcils, et il a mis ses yeux de drapeau blanc. On s'est alors dit «à demain», et j'ai eu l'impression de faire ma job d'ami.

À pic, quand même, la côte qui mène à notre cheunous de location. Les élancements dans mes grand-cannes me rappellent qu'on a beaucoup marché cejourd'hui, Laurence et moi. Quinze minutes à suer de l'alcool froid le dos courbé, puis les chalets de rondins surgissent sur fond de ciel rouge sang d'aurore qui s'éclaircit. Yaris toute fraîche sous la rosée. Dorure de lumière tamisée derrière les rideaux de chez Lidz et Lau, mais pas chez God et moi, et je parierais que le troll est aussi rentré que God est endormi, c'est-à-dire pas pantoute – je la connais, ma gang d'amis. Bah. Qu'ils fassent don autant de cochonneries qu'ils veulent ; ils sont adultes – adultes cons, s'entend. Soit ils baisent en silence, soit c'est déjà réglé ; en tout cas, aucun son n'émane du chalet voisin. J'ouvre la porte du mien sans faire de bruit, au cas très improbable où il y aurait quelqu'un, j'allume la lampe près de l'entrée, et en effet, comme mon majeur me l'avait dit, il n'y a pas l'ombre d'un chat qui vive. God est allé faire un tour dans Lau-delà – c'est confirmé – et Lidz a dû faire la tournée des quelques bars des environs avant d'aller se perdre on ne sait trop où. Quant à moi, ça suffit pour aujourd'hui. Brossage des dents, et puis dodo. En espérant, peut-être, passer la nuit avec une hipsteuse blonde en tête.

9 h 18. L'œil ouvert et pas refermable. Mal dormi, mal réveillé, mal de tête et malheureusement pas de belles images à conserver dans le crâne au sortir de la nuit. Rêve de fin du monde, de tsunami qui nous avale comme les Mayas l'avaient prédit. Seul dans le lit, seul dans la chambre et seul avec ma gueule de bois qui m'envoie plus d'éclairs que mille milliards de Zeus. Deux Grolenol extra forts, ou plutôt trois, et ça passera

sûrement. Douche en attendant, café ensuite, et puis on verra bien. Peut-être que j'irai secouer le nid des tourtereaux hors de sa branche.

Lobby de l'hôtel. Espresso, toasts à la confiture, Dostoïevski, surligneur jaune. Tites-madames vacancières qui jasent d'une table à l'autre et qui s'efforcent tant bien que mal de m'incruster dans leur blabla, mais je ne me laisse pas faire. Passé onze heures, toujours aucune nouvelle de Lidz. Quant aux deux autres, faut croire qu'ils adultèrent toujours. J'aurais peut-être dû les réveiller. En attendant, j'ai lancé un texto à notre beau douchebag afin qu'il sache où je passe le temps pendant qu'euzautres s'en paient du bon.

IPhone qui soubresaute sur la table à café dans un rayon de soleil à vous enfoncer le mal de tête jusqu'au cœur. Message Facebook de Karolanne. Enfin une bonne nouvelle.

Karolanne Boyer

salut Louis,

je t'écris rapidement entre 2 cours parce que jai fait une connerie et ça presse alors excuses les fautes. Jai laissé mon ordi avec mon compte facebook ouvert et Van est allé voir les messages qu'on s'est envoyés. Elle a vue que vous etiez à Percé pis elle l'a dit a ses freres. ils sont partis a votre recherche ce matin. Cest a ton ami quils en veulent, mais il ny a pas de chance a prendre quand meme, je voulais juste te prévenir. Si vous pouvez partir qujourdhui, je pense que ce serait la meilleure solution. Désolée.

Karo xx

Ouais, ben, c'est le temps d'aller sortir les moineaux de leur nid. Je vais porter l'assiette et la tasse vides sur le comptoir laissé vacant ; les tites-madames me prennent dans leur filet et je suis forcé de jaser avec elles un peu. Lorsque j'arrive enfin à m'en sortir, à bout de banalités, je vois, sous le soleil qui plombe, devant le chalet des tourtereaux, une Jaguar rouge comme le souvenir d'un corbeau mort. Temps qui s'arrête et tempes qui pulsent. C'est les frères qui nous ont trouvés, pas de doute là-dessus. Char vide, chalet clos, courage figé en pleine indécision, idées qui se bousculent. Deux pas vers l'accueil, le mot « police » en tête, puis je m'arrête et me retourne vers le charrouge, dans tout mon être qui bourdonne. J'arrête de réfléchir et cours vers le chalet où God et Lau sont dans de beaux draps, contourne la voiture stationnée croche, au bout de traces de freins dans l'herbe chaude, et me rue sur la porte, prêt à tout et en même temps à rien pantoute. J'enfonce, ça s'ouvre, j'entre, et trop d'images se font la lutte pour que je puisse comprendre, alors qu'un gros gars chauve avec un pinch m'agrippe par le collet, me crie : « Eille ! T'es qui, toé ? Bouge pas, câlice ! » et me plaque avec violence contre le mur de bois rond. Trop saisi pour réagir, je ne fais pas un geste et c'est certainement mieux comme ça.

— C'est-tu toé, Lidz, hein, c'tu toé ? fulmine le tit-tank en me remontant le col de veste sous le menton.

— C'est pas moi, je réponds en le fixant directement dans la folie des yeux.

— C'est pas lui, confirme Marco, assis en boxers sur le lit, la bouche en sang.

À ses pieds, des mouchoirs mottonnés rouge et blanc, la boîte de Kleenex pas trop loin. Derrière, Laurence, nue sous les draps, qui respire fort. En plus du tit-tank, deux tours d'hommes se dressent, deux gars massifs d'au moins deux cent cinquante livres étalées sur plus de six pieds chaque – c'est le plus petit des trois qui m'a collé au mur, je suis quand même chanceux. L'une des tours, qui porte des lunettes rondes et une casquette des Giants du baseball, tient un batte du même sport dans sa main d'ours. Génétique de brute. On est dans le trouble pas à peu près. Son frère jumeau, qui lui ressemble comme deux sous neufs, sauf pour ce qui est de son manteau de cuir, de son collet de barbe trimé et de ses yeux cachés sous des lunettes fumées, glisse le doigt sur un téléphone.

— Tu le sais-tu, d'abord, oussé qu'y est, vot' hostie de fif d'ami ? me crache le gros gars chauve en plein visage.

— Non, j'sais pas...

— Comment ça, tu l'sais pas, tabarnak ? Dis-moi oussé qu'y est, ou ben j't'en câlice une, c'tu clair ?

Il me brasse encore, l'arrière de ma tête donne contre un rondin, je l'agrippe par les manches de veste et le repousse contre la table de chevet. Il est surpris, mais se ressaisit vite et me plaque de nouveau contre le mur de bois avec plus de force encore :

— Eille ! gueule-t-il avant de laisser partir son poing, que je reçois en pleine mâchoire.

Picotements, flou partout, jambes molles. Battements de cils. Je suis assis par terre, effoiré sur mes spaghettis. Déjà connu ça, une fois, dans une bataille générale au hockey. C'était il y a longtemps. C'était plus encadré. C'était moins épeurant. Ici, y a pas de civière pour nous ramener cheunous. Ici, celui qui m'invite à sortir de la noirceur, c'est le même qui vient de m'y enfoncer.

— Deboutte, hostie, c'tait rien qu'une tape d'amour.

Il me relève de force, toujours par le collet. Ça s'éclaircit autour de moi, l'écran s'élargit peu à peu au creux des limbes. Encore la face du gros gars chauve, encore ses yeux rouge sang, et mon visage qui enfle, et mon vertige, et mon estomac qui s'emballe.

— Y est où, ton chummy? reprend le gros gars. Dis-nous-lé, on l'sait qu'tu l'sais.

Douleur d'être. Chaque mot qui pèse une tonne. Lâche-moi, sinon je te vomis dessus.

— Aucune idée... on s'est pognés avec hier... y est parti sans dire où y allait...

— Tabarnak, fait le gros gars en me relâchant. Enweille, su'l'litte avec les autres.

Je rejoins mes amis, le corps en maelstrom, et m'écrase sur le bord du lit en espérant que ça tourne moins. Laurence s'approche, m'examine le visage – dont je ne sens plus la moitié –, tremblante, sous la couette :

— Ça enfle vite, va falloir mettre de la glace. Attends, bouge pas, reste assis...

Elle se lève dans son cocon qui doit encore sentir le sexe d'hier – mais je ne saurais le confirmer –, s'avance jusqu'au frigo et le Giant au batte lui gueule de ne pas bouger.

— Come on, c'est pour de la glace, lui jette Lau avec toute la dureté du monde au fond des yeux.

Le baseballeur hésite un moment, puis finit par grogner :

— OK, c'correct.

Lau sort le récipient à glace du congélateur et, toujours emmaillotée, ramasse au sol un sac de plastique du dépanneur, y fait glisser les cubes, referme le sac et me le tend. Froidure brûlante mais comme lointaine sur ma mâchoire supérieure gauche qui gonfle autant que la terre tourne sous mes pieds. Le gros jumeau de cuir se désaccote du mur, ferme son iPhone et le range dans sa poche de veste :

— Y répond pas, estie ! Mais j'garde ton téléphone quand même, juste au cas où, dit-il à God. Ça t'dérange pas, j'espère ?

Marco balaie l'air de sa main libre en signe de jemen-foutissse, tandis que de l'autre, il continue d'éponger le sang qui lui coule de la gueule. Il semble lui manquer une dent.

— Faique tu y as écrit quoi ? lance le tit-tank au jumeau de cuir.

— Ben, j'me suis fait passer pour son chummy drette-là – il pointe Marco du doigt –, pis j'y ai dit d'se pointer icitte à cinq heures pile, parce qu'après ça, tout le monde s'en r'tourne à Montréal à cause des frères d'la fille qui donnent la chienne en tabarnak.

Mots lointains. Faut que je vomisse, hostie, il m'a pas manqué. La houle du tapis brun me porte jusqu'aux toilettes, comme par flottements de marins sur la brosse.

Derrière, les cris des trois gros gars m'ordonnent de m'arrêter, mais je crache déjà mes viscères sur le carrelage de la salle de bain. Bile amère à l'espresso qui me jaillit par tous les trous de la face. Hostie de câlice que mon cheunous me manque. Gros gars qui se payent ma gueule à des années-lumière après me l'avoir pétée. Relents de digestion qui tournoient dans le bol, et moi qui tourne avec.

— Il reviendra peut-être même pas ici, fait la voix de God, qui ne sonne pas comme d'habitude. Y est parti avec toutes ses affaires hier soir.

— Quessé qu'tu dis, toé, crisse? Tu nous niaises encore, estie? T'as pas compris t'à l'heure?

Je donnerais tout ce que j'ai pour un moment de silence, pour que Marco se la ferme et qu'ils s'en aillent, pour que je me réveille, ou pour simplement perdre mon envie prégnante de dégorger mes intestins.

— Je dis qu'il est peut-être déjà en route pour Montréal en ce moment, reprend Godard, qui, subitement, me fait espérer.

Je tire la chaîne, reçois des gouttes d'eau sale, relève la tête et m'essuie le nez, la bouche, les yeux qui coulent, la bosse énorme sur la joue.

— Ah ouais? grogne l'un des frères, l'air plus tellement certain qu'on soit en train de se moquer de lui.

L'estomac toujours lourd malgré le vide, j'enjambe la flaque de vomissures et retourne m'asseoir sur le lit. Laurence me tend le sac de glace et me caresse le dos, le regard triste.

— 'Tends un peu, toé-là..., fait le baseballeur. Dans l'autre chalet, où y a votre minoune, c'est qui qui dort? C'est vot' chummy pis toé?

Il me désigne du bout de son gros batte noir.

— Non, Lidz, il était supposé dormir ici..., je m'entends répondre, du fin fond d'où je suis caché.

— Faique toé, t'as décidé qu't'allais t'gâter, mon sale? ricane Tit-Tank avec un clin d'œil à God, qu'il accompagne d'un gros sourire de colon fier d'être un complice du mâle alpha.

— Ça, ça te regarde crissement pas, lui lance Laurence.

— TA YEULE, SI TU VEUX PAS QU'ON T'PÈTE! éructe le géant, la face rouge meurtre en fonçant vers le lit, bâton dressé.

On fige tous, et Lau comprend qu'elle ferait mieux de se taire, que ce monde-là n'est pas le nôtre, même si des fois, on aime ça, jouer les durs, qu'au bout du compte, on a peut-être plus de choses à perdre qu'on pense.

— Viens-t'en avec nouzautres, toé, la feluette, m'ordonne Tit-Tank. Tu vas nous montrer ça, c'te beau p'tit chalet-là.

— À moins que t'ayes trop la tête qui tourne, princesse, susurre le gros jumeau de cuir en me faisant des manières.

Pas un mot. Les ignorer, qu'on en finisse. J'accompagne Tit-Tank et le gars de cuir hors du chalet, glace contre joue, pas trop à l'aise debout. Soleil radieux dénué de compassion pour les humains qui souffrent. Des vacanciers pas loin qui ne se doutent de rien, qui trouvent la journée magnifique.

— Ouain, belle minoune de prof, fait Tit-Tank avec un coup d'œil sur ma plaque. Ça serait l'fun qu'elle reste belle.

J'enfonce la carte dans la fente et la porte s'ouvre sur une pièce identique à celle que j'ai laissée, mais qui pourtant n'est plus la même. Bouteilles de Heineken vides sur la table, encerclant le cendrier plein, contenants de polystyrène empilés près de la poubelle et de la caisse de 24 à moitié vide. Mon sac ado gît éventré au sol; celui de Marco est disparu. Vêtements sales empilés sur une chaise – les miens. On croirait que je dors tuseul ici, mais que j'ai reçu de la visite. Je cherche des yeux sans succès l'ordinateur de Lidz; faut croire qu'il est passé le prendre avant sa fugue. Pourquoi? Mystère. Mais c'est tant mieux.

— OK, y a rien qui s'passe icitte, conclut le gros gars chauve qui m'a cogné.

— Ouain…, approuve le jumeau de cuir. Ben coudon, j'pense qu'y est temps qu'on fasse un boutte, nouzautres, qu'est-ce t'en penses, bro?

Pas vrai. Ça prendrait fin, comme ça? Pas possible, ça serait trop beau. Y a quelque chose qui tourne pas rond.

— Fucking right, approuve Tit-Tank. Enweille, ferme la porte, toé, on vous laisse tranquilles pour tusuite, pis on vous revoit t'à l'heure.

Je m'exécute, et on retrouve le soleil clair. La porte fermée, le jumeau de cuir m'agrippe au col de sa poigne d'ours :

— J'vas t'prendre ton cell, tit-coune, avant qu'on parte. D'un coup qu't'aurais envie d'annuler not' rendez-vous avec ton chummy.

Envie de lui répondre que je n'ai pas de téléphone. Envie plus forte encore de ne pas prendre de risques ; une fouille est si vite arrivée. IPhone cédé sans rechigner. Comme un vrai viol d'identité.

— Good, conclut le jumeau. Faiqu'on se voit icitte à cinq heures, mon tit-prof ?

— Ouais, je réponds sans conviction, regard baissé.

Tit-Tank m'envoie une claque derrière la tête avec un rire de malvat :

— 'Garde-moi ça si y est drôle, le tit-prof, y dit ouais !

Puis, m'agrippant au collet de nouveau, ses yeux verts hors d'orbites :

— M'as t'dire une affaire, toé, crisse. Dans ta p'tite tête d'intello, je l'sais qu't'es-t-en train d'penser à des moyens d't'en sortir, sauf que vous êtes ben mieux d'être là t'la gang, à soir, parce qu'on a vos iPhone, pis on va vous r'trouver ça s'ra pas long si vous essayez d'faire les smattes, c'tu clair, ça ?

— C'est clair, je réponds, sachant très bien qu'il n'y a plus de bonne réponse possible.

Nouvelle taloche sur le côté de la tête.

— Ta yeule, câlice !

Tit-Tank me pousse vers le chalet. Sentiment d'impuissance. On ne parle pas ce langage-là, nouzautres. Penser à une façon de s'en sortir par la violence ? Comme dans les films ? Me retourner sans avertir et exploser le nez de Tit-Tank d'un bon coup de coude ? Enfoncer mon pied entre les jambes du gros gars de cuir ? Entrer en trombe, souhaiter que God comprenne que c'est le moment de se jeter au cou du géant pour l'étrangler, pendant qu'il est surpris de mon arrivée ? Chasser la vie d'une corporence à coups de batte de baseball sur un crâne dur jusqu'à ce qu'il éclate comme une noix ? Et les explications à la police, ensuite ? Et le procès ? Et les nuits blanches, les somnifères et les cauchemars, et la crainte incessante que les amis des frères veuillent les venger ? Tout ça, vraiment, et puis continuer d'enseigner avec la même passion qu'avant ? De rencontrer de nouvelles femmes et de sourire comme si de rien n'était ? De lire dans les cafés sans avoir peur chaque fois que la porte s'ouvre ? Non, ce monde-là n'est pas pour nous ; on ne le choisit pas, on naît dedans ; on n'y apparaît pas un jour pour en ressortir le lendemain. Quand ce monde-là aspire un homme, c'est dans la mort qu'il le recrache.

De retour chez God et Lau, que le géant surveille de près, je suis les ordres et vais m'asseoir à côté d'eux. Larmes de Leau séchées sur son visage.

— Bon, faique si on l'trouve pas avant, on s'voit icitte à cinq heures avec vot' chummy, nous lance le jumeau de cuir. Faites-vous-en pas, on va pas l'tuer, on va juste y donner une bonne rincée pour c'qu'y a fait à Van l'aut' soir.

— Ouais, ajoute Tit-Tank, sauf que si vous v'nez pas au rendez-vous, c'est pas juste lui qui va en manger une, c'est toutes vouzautres, pis toi aussi, pitoune. À vot' place, on s'rait là.

Rien à répondre à ça. Le jumeau de cuir et Tit-Tank sortent.

— Salut, là, les tits-profs! lance le géant, batte sur l'épaule, sourire béant, puis il referme la porte sur notre détresse.

God serre Sanglau contre son torse, mouchoir en boule entre les lèvres, et sacre. Soupir de soulagement, mais ma main tremble autour du sac de glace. Une minute passe, et on convient que la police ne nous sera d'aucune aide. Lidz a un dossier criminel, un lourd passé psychiatrique, et il a frappé une jeune femme devant témoins. Faudra le retrouver avant les frères et puis sacrer notre camp d'ici à la vitesse grand TGV. Le grand blond garrotté dans le coffre arrière, au pire.

On a remballé toutes nos choses au plus sacrant, dans un état voisin de la panique. Les affaires du lézard, son sac ado et ses vêtements, on les a balancés pêle-mêle dans le coffre arrière de la Yaris. Ça m'a redonné mal au cœur, mais c'est Marco qui est allé vomir du sang. Nos cerveaux se sont un peu trop promenés dans leurs enclos au goût de nos corps. C'est Lau qui va devoir conduire et je crois qu'elle l'a bien compris à nous voir essayer de courir partout dans nos couleurs pâles de cadavre. On a vidé nos pénates de tout ce qui nous importe, bière incluse – parce que le dégoût qu'elle nous inspire maintenant passera bien vite –, et on a pris la route vers chez Djibi, parce qu'on ne sera pas trop de quatre pour retrouver notre lézard en fuite avant que les trois gros frères lui mettent les poings sur le visage et sur les «i».

— Va falloir désactiver nos iPhone sur le site d'Apple, pis vite, si on veut pas qu'ils nous retrouvent, je fais remarquer en fixant droit devant la route pour oublier que ma tête tourne.

— Ouais, ben, la priorité, c'est quand même de retrouver Lidz, me répond Lau en arrêtant la profmobile dans le stationnement du motel où séjourne la grand-affaire.

Cabane en bois bleue, la seule dont les rideaux sont fermés. Faut qu'il soit là faut qu'il soit là faut qu'il soit là. Je sors du char – il était temps, mon estomac faisait des vrilles – et cogne à la porte de la tanière, le sac de ce qui est devenu de l'eau froide sur ma joue gauche. God n'a pas meilleure mine, avec sa palette manquante, sa lèvre supérieure fendue et ses égratignures d'hier autour des yeux. Il s'est mis à souffrir pour vrai dans le char; va falloir mettre de la glace là-dessus bientôt. Ils nous ont pas manqués, les gros câlices. Sauf que la crainte ensevelit la colère. Le grand flambeux ouvre la porte après deux séries de coups, et il n'en revient pas de voir nos gueules pétées comme ça. On lui raconte notre belle matinée très brièvement, parce que le temps presse et parce qu'il y a une troisième gueule qu'on aimerait bien sauver. On lui prend toute la glace qu'il a et on se la plaque sur le visage, on branche l'ordinateur de Lau pour accéder aux interweb, question d'avertir Lidz de ce qui l'attend – parce que son numéro, personne ne le sait par cœur, à part nos téléphones devenus plus intelligents que nous. Djibi ignore le code d'accès au réseau du motel parce que communiquer, il n'y croit plus, alors il court le chercher à la réception et revient une éternité plus tard, alors que God et moi, on lutte contre la tentation des bras de Morphée. Une fois accrochée à la toile, Lau réalise qu'on ne peut pas écrire à Lidz via nos comptes à nous, puisqu'ils sont accessibles par nos cellulaires – mots de passe mémorisés et toute la paresse habituelle. Trop facile pour les trois gros gars de nous retrouver. On sacre, et Djibi nous connecte sur son compte Hotmail. Lau rédige un message paniqué qu'elle envoie au lézard en un temps trois mouvements. Elle lui résume notre matinée de marde, lui dit de nous rejoindre chez Djibi le plus rapidement possible, sans se faire voir et en se tenant loin des Jaguar rouges, pour qu'on retourne cheunous. Le problème, c'est que Lidz est mille fois plus actif sur Facebook que sur Hotmail, alors les chances qu'il prenne le message avant trop tard sont minces. Autre problème : Djibi ne s'est jamais inscrit sur face de bouc. Par contre, il a maintenu en vie feu sa copine par l'artifice de son compte à elle, qu'il gère depuis sa mort à la manière d'un mémorial. Première mort d'une amie Facebook. Les messages d'amour sur son mur ont pullulé pendant des semaines, des proches l'ont marquée sur de vieilles photos d'enfance scannées tout droit sorties des boules à mites, et puis ça s'est calmé. On se demandait pas plus tard qu'hier combien de temps Djibi la garderait encore en vie comme ça, amie avec 332 personnes au fond de la tombe, mais on se dit maintenant que Gabrielle pourrait nous rendre un dernier service funéraire, un d'importance, et qui sauverait la gueule de Lidz.

Coup d'œil de Lau vers le grand blond, et il comprend tusuite.

— Ouais, ben… je pourrais toujours me connecter sur le compte Facebook de Gab, tu copie-colleras ton message…

— C'est bon, fait Laurence en laissant sa place à Djibi.

— Pis oublie pas de lui dire que c'est pas vraiment
Gab… y est ben assez perturbé de même…

— Ouais, OK. Merci, Louis.

— On sait jamais.

Sourires pas forts, mais pas morts non plus. Gab en
ligne, mais pas Lidz. Fenêtre du tchat fermée pour éviter
de faire peur au monde et message envoyé. Défilement
d'actualités : anarchissse étrangement discret depuis
la mise en ligne de son dernier article de blogue. Il ne
manque pourtant pas de méchant à faire sortir depuis
hier.

On se prend la tête à quatre, on réfléchit à une façon de
le retrouver au pc sans tomber sur les ours en Jaguar.
Pas facile. Faudra sans doute se disperser. Partir à
deux – à pied ? – à la recherche du fugueur pendant
que les deux autres restent ici pour contacter Apple et
rendre inefficaces tusuite les tentatives des trois gros
gars de nous violer la vie privée ? Marco et moi, bons
coqs qu'on est, on se porte volontaires pour partir sur
les traces de Lidz, on dit qu'on est corrects même si c'est
des mensonges, et Lau s'oppose, bien entendu. Avec
nos gueules pétées, on a besoin de prendre ça relaxe,
dit-elle, et on attirerait l'attention, ce qui ne ferait que
nous compliquer la vie. Pas question non plus de nous
laisser ici sans surveillance, pas avec la compote de
cervelle qu'on a maintenant entre les deux oreilles. Il
n'y a pas dix mille solutions, donc, et c'est Djibi, soudain
tout plein d'allant, qui lance en l'air la seule viable :

— Je vais aller le chercher, moi. Les trois toffes, ils me
connaissent pas, faique ça va être ben plus facile,
j'aurai pas à me cacher, pis toi, Lolo, tu vas pouvoir

rester ici avec Elpé pis God, pis régler vos affaires par Internet en attendant que je revienne. Ça vous va ?

Grand-gars sorti d'entre les morts, on t'aime de même.

Vol de nos iPhone signalé aux gens de la pomme. Yaris cachée en arrière des chalets de bois bleu, pour pas que les trois gros gars sachent qu'on se terre ici. Djibi parti depuis une heure, Lau garde un œil sur le tchat Facebook, elle a bloqué tous les contacts de Gab, excepté Lidz, qui demeure invisible. On attend, on s'inquiète, j'ai l'impression que je pourrais vomir à tout moment, alors je vais de temps en temps m'asseoir tout frissonnant sur le bol de toilette, j'essaye de chier pour éviter que ça sorte par en haut, mais ça refuse, ça préfère rester dans les limbes, entre les tripes et la cervelle. Les Grolenol extra forts n'y peuvent rien, pas plus qu'à la douleur de God, qui la garde pour lui tant qu'il peut, mais pousse tout de même un «tabarnak» tonitruant par-ci par-là et donne un coup de poing dans le mur, à bout de nerfs et d'éclairs de souffrance dans la gencive. RDI parle de casseroles festives et de manifs illégales tolérées par les forces du désordre parce que c'est impossible de coffrer tout le monde. On ne parle pas. On n'a plus rien à dire, à part qu'on se sent minuscules, et c'est des choses qui ne se disent pas. Lautrice gribouille des phrases éparses dans son carnet, on ignore quoi et on s'en fout. Chacun demeure seul dans son coin, à rabouter les pièces de son orgueil brisé. Les humiliations communes sont les pires ; on voudrait garder ses faiblesses pour soi, cachées aux yeux de tous, enfouies au fond du moi dans l'espoir qu'elles y meurent. J'aurais voulu pouvoir prendre un coup de poing sans me vomir les boyaux dessus, j'aurais voulu souffrir tuseul mon impuissance d'enfant devant le gros garçon plus vieux qui veut lui prendre son téléphone après la classe. On ne change pas autant qu'on pense, même si les années filent ; on reste aussi soumis à la loi du plus fort qu'au temps de la cour d'école, même si les mœurs en apparence moins cruelles du monde adulte nous font parfois croire le contraire. Salut, réel, tu te caches sans arrêt.

13 h 30 et des poussières. *Take Shelter* à Super Écran. Titre de film intraduisible, faut croire, ou bien quelqu'un, quelque part, n'avait pas envie de se forcer. Faut dire que c'est bien plus facile de laisser la grosse langue nous entrer dans la bouche que de lui tirer la nôtre. Histoire d'un homme en plein délire paranoïaque. Rêves de fin du monde, échos des schèmes de pensée de Lidz. Bordel que l'univers envoie parfois des drôles de signes. On est faits forts, mais quand même, on la trouve lourde, cette détresse-là, en plein écran devant nos yeux, probablement parce qu'on l'a déjà vue toute nue, toute vraie, tout en sueur et gigotante, sanglée serrée dans un lit d'hôpital, et parce qu'on craint de la revoir bientôt si un jour on parvient à s'échapper d'ici.

Marco se lève en plein malaise, l'air d'en avoir par-dessus le cassse :

— Voyons, câlice, qu'est-ce qu'il fait ? C'est pas normal, il est sûrement arrivé quelque chose. Moi, j'suis plus capable, j'vais aller le chercher.

Il se lance vers l'entrée, mais Lau rejette l'idée :

— C'était pas ça le plan, Marco. Reviens t'asseoir, il va nous appeler dans pas long.

— Ça fait une demi-heure qu'il aurait dû appeler, déjà. Il est sûrement tombé sur les frères, c'est gros comme une gosse, ici, y a pas dix mille chemins pour éviter quelqu'un qu'on veut pas croiser, j'vous le dis, ça regarde pas ben pantoute!

Godasses aux pieds, il enfile son manteau. Il va sortir et faire complètement chier notre plan.

— Marco, reste icitte, câlice! je lui ordonne. Les frères, ils ont aucune raison de penser que Djibi nous connaît, à part que c'est un hipster, faiqu'on a pas à s'inquiéter, sauf que toi, si tu te montres la face dehors pis qu'ils te voient, tu vas nous mettre vraiment dans' marde.

Il hésite, fronce les sourcils, la main sur la poignée de porte.

— Dans le sac de Lidz qui est dans ton coffre de char, y a peut-être un gun, vous y avez pensé, à ça?

Silence. Perles de Lau qui veulent sortir de leurs orbites.

— Pis qu'est-ce tu veux faire avec un gun, Marco? Explique-moi ça, s'te plaît, pis c'est mieux d'être crissement bon.

God abandonne la poignée de porte, glisse les bras hors de son manteau et retire ses chaussures.

— Rien, laissez faire, je disais ça de même.

— Hostie, j'espère! grogne Lau, se recalant dans les coussins au fond du lit et montant le volume de la télé en plein rêve de tempête.

Hurlements du téléphone qui nous font sursauter. Laurence se jette sur lui, décroche, et nos regards la sondent. Elle nous fait signe que oui, c'est bien Djibi, et puis de nous taire, ce qu'on fait sur-le-champ. Les nouvelles semblent assez mauvaises et l'inquiétude s'empare de nous lorsque les yeux de Lau se figent et qu'elle demande ce qu'«ils» lui ont fait. On se lève alors de sur nos steaks comme un seul homme et on se rapproche, tandis qu'elle nous signale une fois encore de nous calmer. Accrochés à chacune de ses réactions au récit du chasseur de lézard, on est un peu rassurés de la voir se calmer. Au bout de quelques minutes, elle raccroche et nous raconte que Djibi a fait tous les commerces de la route 132 et qu'il n'a pas vu l'ombre d'un anarchissse. Il a par contre croisé deux fois la Jaguar rouge. La deuxième fois, elle s'est arrêtée à sa hauteur, et les trois frères sont sortis du char pour lui demander si c'était lui, Jean-Simon Lisée, le batteur de femmes. Faut dire que les hipsters barbus ne courent pas les rues de Percé. Il a dit non, bien sûr, et ils lui ont demandé de le prouver, alors il leur a montré ses cartes d'identité pour avoir la paix et leur a dit de le laisser tranquille, sinon il appellerait la police. Ils l'ont traité d'hostie de pouilleux, sont rentrés dans leur char et lui ont vomi un cumulonoxyde de carbone en pleine gueule, majeurs dressés hors des fenêtres ouvertes. Bref, le grand blond l'a échappé beau. Pour les heures à venir, il envisage de continuer à se promener encore un peu sans avoir l'air trop louche et de fouiller certains racoins où Lidz pourrait se cacher, comme la plage près du mont Joli. Il nous passera un autre coup de fil d'un téléphone public vers 16 h au plus tard et avant s'il a des nouvelles pour nous, bonnes ou mauvaises. Maudit

grand Cro-Magnon, si t'avais pas si peur de la techno-
logie, ça serait tellement plus simple.

On s'écrase sur le lit, face au téléviseur, qu'on met à
RDI parce que *Take Shelter* est fini et que Jennifer
Aniston nous ennuie depuis qu'elle a perdu ses belles
rondeurs des premières saisons de *Friends*. Lau met en
marche la cafetière pour nous garder vivants. Marco se
ronge les ongles avec ses dents restantes, et je me dis
que ce doit être bon signe.

Estomac croche. Faudrait manger, mais ce serait sans
plaisir et sûrement même pénible. Godard qui chiale et
qui m'énarve. Il aurait tant aimé avoir les couilles plus
grosses :

— Hostie, j'aurais dû être moins poli que ça, tantôt,
quand ils ont cogné à la porte... j'aurais dû y aller pour
les schnolles tusuite, pour pas leur laisser de chances...

— Ouais, ça se serait sûrement ben mieux passé, t'as
raison, ironise Lau, du ressac plein les yeux.

— Même après, je veux dire... on leur a laissé ça ben
que trop facile... ils ont fait ce qu'ils voulaient avec
nouzautres...

— Ben oui, pis après ? lance Lau, qui semble elle aussi
en avoir ras le cassse de l'écouter geindre.

— Je me sens violé, pis ça m'enrage. J'ai quasiment
envie qu'on les revoie, tantôt...

Je paierais vraiment cher pour qu'il se ferme sa grande
gueule d'humilié.

— Ta yeule, hostie, Godette! Djibi va ramener Lidz, tantôt, on va crisser notre camp d'icitte, pis il se passera rien d'autre, c'tu clair?

Marco ne tourne même pas les yeux vers moi. Il doit se croire souillé pas à peu près.

— C'est dans le meilleur des mondes, ça, Elpé. Dans le monde réel, il va peut-être falloir aller fouiller dans le sac de Lidz pour voir si y a quelque chose là-dedans qui pourrait nous aider.

Poignards dans les yeux de Lau, mais pas d'autre réponse. Peut-être qu'on commence à y songer un peu nous-mêmes.

15 h 30. Toujours aucune nouvelle de la grand-affaire. On meurt de faim, mais l'idée de nous montrer le visage le long de la 132 n'emballe personne, alors Marco va voir dans nos bagages et dans ceux de Lidz ce qu'il nous reste comme collation. Il revient avec trois barres tendres, une pomme et une boîte de Whippet tirée du sac ado de l'anarchissse. On évite la question de l'arme à feu d'un commun accord tacite pour une raison qui m'échappe, comme s'il était maintenant convenu que God était le responsable de l'hypothétique arme, dans l'optique où elle aurait existé et où elle se serait trouvée dans le coffre arrière de la Yaris. C'est sans doute qu'on veut voir la tension diminuer. On est irritables, et c'est compréhensible, alors vaut mieux pas trop se chercher. Les tourtereaux, surpris dans leur nid par les trois prédateurs au matin, n'ont rien mangé de la journée; pautits-oiseaux. Je vais leur laisser la pomme. Je garde quand même à l'œil la veste de Godard, posée sur le

fauteuil près de l'entrée, à la recherche d'une forme intruse, et j'ai l'impression d'en voir une, mais c'est sûrement parce que j'ai l'optique délirante depuis que le tit-tank m'a réorganisé le portrait. C'est Lau qui croque le fruit, bien entendu. Marco n'a plus la dentition qu'il faut, d'ailleurs il a toutes les misères du monde avec ses premières bouchées de barre trop peu tendre, il mâchouille d'un côté de la bouche en grimaçant, maudit la vie de lui faire des coups de chien pareils et garroche les trois quarts restants au bout de ses bras.

— Câlice, God, que je lui lance. Va la chercher, on va la manger, nouzautres.

Il se lève en calvaire, ramasse la barre au pied du mur et la jette sur le lit devant nous. Lau pousse un soupir et prend une croquée de fruit, sourcils froncés. God se résigne à ouvrir la boîte de biscuits. Il devra se restreindre aux guimauves pour les minutes qui l'attendent.

— *Ils ont mis le feu à tout! C'est le nihilisme! Si quelque chose flambe, c'est le nihilisme! entendis-je presque avec horreur, même s'il n'y avait plus à s'étonner de rien – mais la réalité concrète, présente, a toujours en soi quelque chose de bouleversant.*

Mal de tête qui n'en finit plus. Fil d'actualités Facebook dont on se sacre et Lidz qui ne répond pas à ses messages. Ventre creusé qui couine, tête de Laurence contre l'épaule de God, et moi, j'essaye de lire, mais tous les mots mènent à la même idée, celle du revolver dans la pièce. Je suis allé chercher Fédor dans le char et n'ai pas fouillé les bagages de Lidz, même si j'y ai pensé. S'il y avait une arme dedans, c'est maintenant God qui l'a, dans son manteau, parce qu'effoiré comme ça sur le lit avec Lau, elle la sentirait s'il l'avait sur lui.

Nouvelles de RDI que j'essaye de ne pas entendre, parce qu'elles m'enragent, parce qu'elles tournent toujours le même fer dans la même plaie, toujours plus purulente après toutes ces semaines passées sans travailler, à écouter les bêtises sortir à la pelle de la bouche de nos dirigeants, à voir des grosses polices varger sur des tits-jeunes, à entendre monsieur Tout-le-Monde défendre avec fureur les plus riches de ce monde sans même passer près de s'en rendre compte.

Chaque bruit dehors nous met sur le qui-vive. Chaque moteur qui vrombit, chaque voix rauque traversant de loin les murs fragiles de notre abri nous précipitent en plein état d'alerte. On se regarde en silence, on ne fait pas un geste, on éteint le volume de la télé, et puis ils finissent par passer, les bruits, et on peut se remettre à respirer.

Il y a une question qui m'obsède, qui me force à relire deux fois chaque phrase, qui voudrait fendre l'air jusqu'à Marco pour éclaircir les choses, mais qui reste dans ma caboche au simple état d'idée. Je la reformule sans arrêt, intérieurement, la question, je fais le décompte, je me dis qu'à trois, je la lui balance en pleine bouille, je le saisis comme ça, le plus si beau Godette, je le fige sur place et j'exige de savoir si j'hallucine quand je crois voir une bosse étrange dans sa poche de manteau, mais trois arrive trop vite et je reprends de plus beau le décompte, en me disant qu'il vaudrait mieux cracher la grosse question au compte de dix. Dix aussi, malheureusement, arrive chaque fois beaucoup trop vite.

Coups sur la porte. Djibi qui vient nous apporter de quoi manger, comme prévu. Une chance qu'on l'a, et bien ressaisie, notre grand-affaire. On va s'endurer pas mal plus une fois nos estomacs remplis. J'enlève l'ordinateur tranquille de sur la table pour y poser les deux pizzas fumantes et complètement garnies. Rien de neuf à raconter, côté lézard, nous résume le grand blond pendant qu'on prépare la ripaille tant attendue. Il n'a pas revu les trois frères non plus, mais comme l'heure décisive approche, ils vont sûrement revenir dans les parages bientôt. Quoi qu'il en soit, Djibi suggère d'aller manger tuseul sur une terrasse, bien à l'affût et bien en vue, pour continuer ensuite la chasse au reptile montréalais jusque dans les tavernes et jusqu'aux tites-heures du matin s'il le faut. On est d'accord, on le remercie – pour la pizza et pour le reste –, on lui reproche – très gentiment, quand même – de ne pas avoir de cellulaire, on le taquine – toujours très gentiment – en le traitant d'homme des cavernes, il nous envoie promener, on part à rire – mais pas trop fort –, on lui souhaite la meilleure des chances, et il promet de nous téléphoner toutes les deux heures pour qu'on ne s'inquiète pas trop, avant de refermer la porte sur notre abandon d'affamés.

Pas facile de mâcher avec la moitié du visage enflée par une grosse piqûre de tit-tank, mais l'appétit l'emporte sur la douleur, pour moi comme pour Marco, qui mastique toujours tant bien que mal d'un seul côté de la gueule et semble même laisser rouler ses bouchées dans l'espoir qu'elles fondent. L'idée de l'arme à feu, toujours saillante dans mon esprit.

— Pis, God, y avait-tu de quoi d'intéressant dans les bagages de Lidz, à part la grosse boîte de Whippet?

Bang. Question qui tue ben plus encore que celles du curé Guy A.

— Quelque chose comme un gun, tu veux dire ? suggère Marco, pourtant toujours vivant.

— J'sais pas. Mettons.

Silence. Godard promène ses yeux fuyants au-dessus de ma tête, l'esprit perdu par-delà bien et mal.

— Ouais, y avait un gun, Elpé. Comme je pensais. Tu veux-tu le voir ? Je l'ai mis dans ma poche de manteau.

Explausion :

— T'as ramené ça icitte, Marco ? T'es-tu malade, hostie ?

Elle se lève de table et court vers le fauteuil où gisent nos vestes empilées, les démêle, fouille les poches de God, en sort un revolver – quelle sorte ? aucune idée, je ne connais rien là-dedans, mais c'en est un bon pour six coups, d'après ce que je peux voir, et pas automatique. Elle le promène entre ses mains, le regard dépassé par le réel, et God se lève pour la rejoindre.

— 'Tention, Lau, y est chargé... donne.

Elle le lui cède, et moi, j'observe en spectateur, sans plus savoir ce que j'en pense. On est peut-être rendus là, c'est vrai, peut-être fallait-il seulement qu'un de nous trois s'en aperçoive pour que les autres emboîtent le pas, je ne sais pas, je ne sais plus, et à vrai dire, je n'ai jamais su.

Regard rouge sang trempé. Voix tremblautante :

— Là, là… tu vas m'dire ce que t'as l'intention de faire avec ça, OK? Parce que sinon, c'pas compliqué, moi, j'sacre mon camp d'icitte sur le pouce, pis j'vous laisse vous démerder avec vos esties d'niaiseries de fous… Ça va trop loin, là, j'suis plus capable…

Je n'ai jamais vu Lau dans un état pareil. Pas même la fois où je lui ai dit qu'on ne pourrait plus se voir parce que c'était rendu trop compliqué, nous deux. Pas même cette fois de la fin du cégep où j'ai vu son visage s'ébranler dans un grand séissse et de ses yeux jaillir deux tsunennemis. God pose le pistolet et tente d'approcher Lau, mais elle s'éloigne de lui.

— T'as-tu déjà tiré avec ça, d'abord? Tu saurais comment faire?

— Ben non, pis c'est pas à soir que j'vais commencer… c'est juste au cas où…

— Au cas où quoi?

— Au cas où ça pourrait dégénérer…

— Faique sortir un gun devant trois gars qui vendent de la dope, c'est ça qui va tout régler? Y vont juste s'excuser pis s'en retourner cheuzeux? Pis tu penses pas qu'ils sont armés euzautres avec, pis qu'y savent ben mieux que nous comment ça se joue, ces p'tites games-là? Sérieux, tu vis sur quelle estie de planète?

K.-O. technique. Godard, sonné, hausse les épaules, fixe Laurence quelques secondes, puis rabat sa carcasse molle sur une chaise.

— Je veux juste plus qu'on se laisse faire comme à matin, c'est tout... j'ai juste hâte que ça finisse... Hostie, je le sais plus...

Et il s'enfonce le visage dans les mains, coudes sur la table. Lau se rapproche et lui caresse la nuque en essuyant ses propres larmes. Je traîne ma chaise plus près du grand-gars fort qui pleure pour le réconforter, mais il se lève d'un bond, sans nous regarder, et se lance vers la salle de bain, où il s'enferme. Dur de craquer quand on a un surnom comme «God». On l'entend gueuler «FUUUUUUCK!» de toute sa rage, puis deux violents coups sur le mur de la toilette font vibrer la tanière au grand complet. Je me lève de table, à boutte, avec l'idée fielleuse de l'encourager à crier plus fort encore, de continuer à jouer au mâle viril pour vrai, un coup parti. Je fais quelques pas vers les sanglots malaisants qui ont suivi les éclats de sa furie, mais la détresse en hoquets de Lau me fige sur place. Ses yeux me disent qu'elle a besoin de la chaleur d'un corps, tusuite, n'importe lequel, et comme le mien est là, je l'approche de ses bras ouverts, qu'elle tend, et ça m'inonde le t-shirt en quelques secondes pleines d'éternité.

Cinq coups de poing frappent à la porte du chalet. Temps qui s'arrête avec les larmes et les battements du cœur. L'arme est toujours nue sur la table, froide et innocente jusqu'au geste, entre les deux boîtes de pizza. On se regarde, Laurence et moi. On se comprend. J'attrape le pistolet, l'enfouis sous ma ceinture, derrière mon dos, exactement comme dans les films, et j'essaye de ne pas trembler de toute mon existence dans le processus. Pris dans un moment décisif, on ne décide pas. Soit on se hisse à sa hauteur, soit il nous écrabouille comme la coquerelle qu'on est dans la plupart des cas. Une chose impossible à nommer nous guide ou bien nous cloue sur place. Dernier saut dans le vide que personne n'a prévu, pas plus Laurence que moi. On a simplement su s'y résigner. Elle hoche la tête en signe d'approbation et frotte une dernière fois ses yeux tandis que God sort de la salle de bain avec sa face de victime d'accident de la route. On avance tous trois vers la porte, moi le premier, pas sûr encore d'avoir le courage de sortir le revolver de mes culottes, et encore moins de le braquer sur un humain.

— C'est qui? je demande avec une fermeté qui me surprend moi-même.

— C'est moi, ouvrez don, y a pas rien que ça à faire!

La voix de Lidz, comme on l'a rarement entendue – avec un soulagement qui se passe de mots. On ouvre, en plein état second, sur un lézard à l'œil gauche tuméfié presque entièrement fermé – cibole, Godard l'a pas manqué –, les traits tirés, une fébrilité malsaine dans la voix, mais l'air quand même content de nous voir.

— Bon, tout le monde est là? Il est où, le char, qu'on sacre notre camp d'icitte?

— Il est en arrière du chalet, je réponds, mais attends un peu, là, rentre don, pour commencer, on va se parler un peu.

Le lézard amoché, chargé de ses deux sacs, entre en trombe et referme la porte derrière lui en oubliant de la verrouiller. Il abat son paquetage sur le tapis, puis nous contourne, sans jeter le moindre coup de son œil libre à God ni lancer de remarques à propos de notre état lamentable, un peu comme s'il savait déjà toute notre histoire. Il se rend à table et prend une pointe de pidz, qu'il mastique comme si c'était la dernière. Toujours en mode panique, je verrouille la porte au plus sacrant en m'assurant de lui faire face, pour lui cacher ce que j'ai d'enfoncé dans les culottes. Lidz me dit, la bouche pleine, de la laisser débarrée. Je lui demande pourquoi, mais il ne répond pas, tout affamé et tout centré sur lui qu'il est. Aucune idée comment il a pu nous retrouver.

— OK, parle-nous, là! fait Marco, qui gestigueule. On a jamais eu autant besoin d'entendre ta voix, j'pense, faique enweille, parle, câlice!

Le lézard pose le reste de sa pointe dans mon assiette, prend une gorgée de mon Coke.

— Vous êtes drôles en estie, vouzautres! Vous voulez jaser? Vous êtes pas plus énervés que ça? Dans le fond, tout ce que vous avez besoin de savoir, c'est qu'y a trois gars qui sont en train de chercher quissé qui vient de crever les pneus de leur char, faique vite de même, si c'était rien que de moi, me semble que j'essaierais de sacrer mon camp d'icitte au plus câlice.

Cataclyssse interne. Lau cherche à mettre de l'ordre dans ses idées, en vain :

— Wow... t'as vraiment crevé les pneus de leur char?

Lidz gruge sa pointe jusqu'à la croûte, la redépose et s'essuie les mains sur ses jeans.

— Ben oui, Lolo, pis là, on va paqueter toutes les affaires de Djibi, pis on s'en retourne cheunous, ça vous va-tu?

Nouvelles informations qui court-circuitent nos cerveaux ramollis à coups de jointures et de violence psychologique.

Lidz tourbillonne autour de nous, ramasse ce qu'il peut pour remplir le sac de l'endeuillé devant nos yeux, qui n'envoient plus de signaux nulle part. Foudroyés sur place. Trop de pièces manquent au casse-tête pour nos têtes fracassées. Comme quelque chose qui tourne carré. Djibi, lui, il s'en vient, ou quoi? Faudrait aller le chercher? Pas sûr d'aimer l'idée.

Lidz, précipité en pleine action, prend Marco par le bras et l'incite à vider le placard du grand flanc-mou :

— Enweille, Godard, mets tout son linge dans le sac. Aidez-moi, hostie, j'peux pas tout faire tuseul !

— Attends un peu, là…, proteste God. Pas sûr qu'il soit ben ben d'accord avec ça, Djibi…

Le sourire en coin déchiré jusqu'à son œil fermé, Lidz réussit à être baveux dans un moment pareil :

— Godette, hostie, tu te pouvais plus d'avoir envie d'entendre ma voix, t'à l'heure. Ben là, c'est à peu près le temps de l'écouter.

Porte du chalet qui s'ouvre sur le grand Djibi d'Amérique :

— Bon, vous êtes prêts? On s'en retourne à not' Réal.